KB114602

공동전인 共同專人

설경구 新무협 판타지 소설

FANTASTIC ORIENTAL HEROES

공동전인 6

설경구 新무협 판타지 소설

초판 1쇄 찍은 날 § 2009년 8월 19일
초판 1쇄 펴낸 날 § 2009년 8월 28일

지은이 § 설경구
펴낸이 § 서경석

편집장 § 문혜영
편집책임 § 정서진
편집 § 서지현 · 주소영

펴낸곳 § 도서출판 청어람
등록번호 § 제1081-1-89호
등록일자 § 1999. 5. 31
어람번호 § 제2-1801호

주소 § 경기도 부천시 원미구 심곡2동 163-2 서경B/D 3F (우) 420-822
전화 § 032-656-4452 팩스 § 032-656-4453
http://www.chungeoram.com
E-mail § eoram99@chollian.net

ⓒ 설경구, 2009

ISBN 978-89-251-1904-5 04810
ISBN 978-89-251-1741-6 (세트)

第一章
신마교

荷蘤乳蒸煎粜湯細暘芙福佑辜子王

至大改元四月佛浴逵音廣爲傳行

日弟子趙孟頫敬書長陛前辜

老君演此眞妙結竟

共同
傳人
공동전인

두근두근.

한 번 격렬하게 뛰기 시작한 심장은 좀처럼 진정되지 않았
다.

천.마.불.사!

장내의 혼란을 순식간에 잠재울 정도로 우렁찬 목소리.

심장을 미친 듯이 뛰게 만들었던 그 뜨거운 목소리가 진한
울림이 되어 아직도 귓가를 맴돌고 있었다.

어디론가 사라졌다가 이제야 나타난 것에 대한 서운함.

그동안 단 한 번 연락조차 없었던 것에 대한 원망.

하지만 흑색 피풍의를 뒤집어쓰고 부복하고 있는 희대의 살인마들을 본 순간, 그 모든 감정들이 순식간에 사라져 버렸다.

씨익 웃고 있는 뇌마 노인의 주름진 얼굴도 지금 이 순간만큼은 전혀 밉살맞아 보이지 않았다.

하지만 아직 끝이 아니었다.

"마군재림!"

얼굴에서 웃음기를 지운 뇌마 노인이 내력이 가득 실린 목소리로 외치자, 흑색 무복을 입은 수백의 무인이 장내에 나타났다.

이들은 또 누굴까.

체계적으로 훈련을 받은 듯 일사불란한 움직임.

수백 명이나 되는 무인들이었지만 신법을 펼치는 그들은 흑색 장포를 휘날리며 거의 동시에 바닥으로 떨어져 내렸다.

신마교.

멍하니 그 모습을 바라보던 사무진이 침을 꿀꺽 삼켰다.

아름답다는 느낌이 들 정도로 일사불란한 움직임.

장내에 있던 무인들의 입에서 절로 감탄이 새어 나올 정도로 잘 훈련된 움직임이었지만 눈에 들어오지 않았다.

지금 사무진이 바라보고 있는 것은 그들이 입고 있는 흑색 장포와 가슴에 적혀 있는 세 글자였다.

새로운 마교.

등장한 인물들의 흑의 무복에 커다랗게 적혀 있는 '신마교'라는 글자를 확인하자 다시 한 번 가슴속이 뜨거워지기 시작했다.

"천.마.불.사!"

그리고 갑작스레 등장한 수백의 무인은 일제히 사무진을 향해 부복하며 우렁찬 목소리를 토해냈다.

절로 눈시울이 뜨거워질 정도의 장관.

하지만 처음에는 몰랐다.

저들이 누구를 향해 부복하고 있는 것인지도.

그래서 일제히 부복하고 있는 인물들을 붉게 물든 눈으로 사무진이 멍하니 바라보고 있을 때, 뇌마 노인이 입을 뗐다.

"왜 멍하니 서 있느냐?"

"……."

"이들을 실망시킬 생각이냐?"

"그게… 무슨 소리예요?"

부복한 채 미동도 없는 무인들.

고개조차 들지 않고 있는 그들을 물끄러미 바라보다 영문을 모르겠다는 표정을 지은 채 사무진이 뇌마 노인에게 고개를 돌렸다.

하지만 뇌마 노인은 아무런 설명도 해주지 않았다.

대신 긴장한 사무진과 달리 장난기가 가득한 얼굴로 웃었다.

"우리를 거짓말쟁이로 만들 셈이냐?"

"내가 뭘 어쨌는데요?"

"이들에게 네가 멋진 녀석이라고 말했거든."

"그건 사실이잖아요."

"미친놈!"

분명히 욕이었다.

하지만 뇌마 노인이 지금 꺼내고 있는 '미친놈'이라는 욕을 들어도 기분이 별로 나쁘지 않았다.

그래서 사무진이 히죽 웃을 때 뇌마 노인이 얼굴에서 장난기를 지웠다.

"보이느냐?"

"……."

"들리느냐?"

"……."

"느껴지느냐, 이들이 하고 있는 이야기들이?"

뜬금없는 이야기.

하지만 사무진은 바보처럼 웃을 수 없었다.

보였다.

들렸다.

그리고 느껴졌다.

그들의 소리없는 함성이.

"모두 너의 수하들이다."

"나의… 수하?"

"그래. 네가 마교의 교주니까!"

가슴이 벅차올랐다.

그래서 숨이 막힐 지경이었다.

이들의 함성이 자신을 향하고 있다는 사실을 깨닫는 순간, 마교의 교주가 되기를 잘했다는 생각이 들었다.

하지만 이상하게 불안했다.

마치 원래 주인이 있는 물건을 몰래 훔친 것처럼.

"내가… 자격이 있나요?"

"물론이다."

"……?"

"그 알량한 실력으로 험난한 강호를 헤치고 지금까지 살아 있었다는 것만으로도 네게는 자격이 충분하다."

씨익.

뇌마 노인을 바라보며 마주 웃던 사무진이 고개를 들었다.

뭐라고 할까.

자신을 향해 부복한 채 기다리고 있는 자들을 바라보다 보니 무슨 말이라도 해야 할 것만 같았다.

자근자근 입술을 깨물고 있던 사무진이 크게 숨을 들이켰다.

그리고 마침내 입을 뗐다.

"새로운 마교로 온 것을 환영해요!"

"꼴이 그게 뭐냐?"

"그게……."

"하여간 칠칠맞지 못하기는."

무척이나 오래간만에 만났지만 희대의 살인마들은 조금도 변하지 않았다.

"새로운 마교로 온 것을 환영해요? 한심하기는."

"첫 인사치고는 괜찮지 않았어요?"

"네놈에게 뭔가 기대한 내가 미친놈이다."

그동안의 공백이 전혀 느껴지지 않을 정도로 뇌마 노인의 독설은 여전했다.

그래서 사무진이 입술을 삐죽이고 있을 때 희대의 살인마들은 자신만의 방식으로 사무진과의 재회의 기쁨을 나누기 시작했다.

"용케 안 죽었구나."

"잊었나 보네요."

"뭘?"

"천마불사."

"······?"

"천마는 불사잖아요."

"웃기지도 않는군!"

심마 노인은 특유의 무뚝뚝한 표정을 지은 채 한마디를 던지고는 더 상대하는 것도 귀찮다는 듯이 입을 다물었다.

"심화 주수란은 꼬셨어?"

"그게 아직 시간이 없어서······."

"시간이 없어? 연애질하느라 바빴나 보지?"

"······?"

"소문이 파다하더구나, 저 쭈그렁탱이 할망구와 정분이 났다고."

"진짜 이럴 거예요?"

"파하핫!"

다음으로 등장한 색마 노인은 화를 내다가 아미성녀를 힐끗 바라보고는 갑자기 대소를 터뜨렸다.

밉살맞기 그지없는 얼굴.

그래서 사무진이 매섭게 노려볼 때, 색마 노인이 사무진의 귓가로 속삭였다.

"눈 깔아."

"싫은데요."

"호오!"

"옛날의 약하고 힘없던 저로 생각하지 말아요."

"그래?"

코웃음을 친 색마 노인의 입가로 웃음이 떠올랐다.

그리고 왠지 불길하게 느껴지는 그 웃음에 사무진이 뒤로 물러나려 했지만 이미 진기가 바닥난 사무진의 움직임은 너무 느렸다.

그래서 색마 노인의 손을 피할 수 없었다.

와락.

사무진의 소중한 물건은 어느새 색마 노인의 우악스런 손길에 의해 잡혀 있었다.

얼마 전 꾸었던 꿈속에서처럼.

"왜 이래요?"

"아예 뽑아줄까?"

"제가 잘못했어요."

"잘못했지?"

"무조건… 제가 잘못했어요."

밀랍인형처럼 얼굴이 하얗게 변한 사무진이 애원하고서야 색마 노인은 꽉 움켜쥐고 있던 사무진의 물건을 놓아주었다. 하마터면 소중한 물건이 터질 뻔한 위기에서 간신히 벗어난 사무진이 정신을 차렸을 때는 독마 노인이 다가와 있었다.

"오대극독 마셨어?"

"그것도 아직 시간이 없어서……."

"시간이 없어? 대체 그동안 한 게 뭐냐?"

독마 노인은 다짜고짜 소리를 질렀다.

그리고 사무진도 지지 않고 억울한 표정을 지었다.

'그동안 한 게 뭐냐?' 란 말을 들을 정도로 한가하게 보내지는 않았다.

나름 한 일도 많았다.

마교도 재건했고, 근사하게 개파식도 치러냈으니까.

"제가 논 게 아니거든요. 그러니까 마교도 재건했고……."

그래서 변명하려고 했지만 독마 노인은 사무진의 말을 끝까지 들어줄 생각이 애초부터 없었다.

"뭐, 상관없지."

"정말요?"

"오대극독은 지금 마시면 되니까."

독마 노인의 이야기를 듣다가 사무진은 심장이 덜컥 내려앉는 느낌이 들었다.

"그건 뭔 소리예요?"

"맛이 괜찮을 게다."

"대체 뭔 소리냐니까요?"

"두고 보면 안다!"

불안감이 엄습했다.

지금까지 사무진이 겪어왔던 독마 노인은 거짓말은 하지 않는 성격이었다.

한다고 말했으면 하는 노인이었다.

하지만 독마 노인은 특유의 기분 나쁜 웃음만 짓고 있을 뿐 더 이상 아무런 말도 하지 않았다.

대신 이번에는 유령신마가 눈을 부라리며 다가와서는 사무진의 코앞으로 갑자기 얼굴을 들이밀었다.

"너!"

"헉, 괴물!"

"죽을래?"

"깜짝 놀랐잖아요."

사무진이 얼굴을 찡그렸다.

오래간만이어서일까.

갑자기 얼굴을 들이밀고 있는 눈썹 없는 유령신마 노인의 얼굴은 사무진을 놀라게 만들기에 충분했다.

하지만 유령신마 노인은 사과조차 하지 않았다.

사무진의 눈썹만을 뚫어져라 바라보았다.

"그 눈썹."

"아, 이거요? 멋있죠?"

"흐음!"

"요즘 이게 강호에 유행하고 있어요. 부러워요?"

"촌스럽다."

"혹시 지금 질투하는 거예요?"

"미친놈!"

"그러지 말고 부러우면 말해요. 비슷하게 하나 그려줄게
요."

눈썹 없는 유령신마의 얼굴은 여전히 세상에 섞여서 살기
힘들 정도로 무시무시했다.

그리고 그게 너무 안되어 보여서 사무진이 제안을 했지만,
유령신마는 코웃음을 쳤을 뿐이었다.

"차라리 없느니만 못하다."

그 매정한 말을 남기고 유령신마가 뒤로 물러나자 마지막
으로 다가온 것은 검마 노인이었다.

"검마 노인!"

검마 노인을 마주하자 사무진의 눈에 반가운 감정이 깃들
었다.

희대의 살인마들 중에서 가장 정이 많이 들었던 것이 검마
노인이고, 그래서 가장 만나고 싶었다.

"첫사랑은?"

그리고 부탁했던 첫사랑을 찾았느냐고 묻는 검마 노인의 두 눈에 떠올라 있는 아련한 감정을 보고서 사무진은 가슴이 답답해졌다.

"아! 미안해요. 제가 깜박해서……."

사실 그동안 너무 정신이 없었다.

그래서 솔직히 검마 노인의 첫사랑을 찾아볼 엄두도 내지 못했었다. 미안한 표정을 지은 채 꺼낸 사무진의 변명에 검마 노인의 눈에 떠올라 있던 아련한 감정이 서운함으로 바뀌었다.

"배신자!"

불쑥 한마디를 내뱉고 검마 노인이 등을 돌렸다.

돌아서는 검마 노인의 뒷모습이 너무 쓸쓸해 보여 사무진이 서둘러 다가가려 했지만 뇌마 노인이 앞을 가로막았다.

"신경도 안 썼겠지."

"그런 게 아니라……."

"흥, 보지 않아도 눈에 선하니 변명 따위는 늘어놓지 마라."

뇌마 노인이 다가와 다시 신경을 긁기 시작했다.

그 말을 듣던 사무진이 울컥했다.

웬만하면 그냥 넘어가려 했었다.

좋은 게 좋은 것이었으니까.

하지만 이건 아무래도 아니었다.

전부터 생각했지만 사무진은 마교의 교주였고 희대의 살인마들은 어디까지나 장로에 불과했다.

그리고 장로보다 교주가 높다는 것은 불변의 진리였다.

"저기요."

"……."

"뭔가 착각하는가 본데, 내가 마교의 교주거든요. 그리고 희대의 살인마들, 아니, 어르신들은 마교의 장로죠."

"그래서?"

"그렇다는 거죠."

"다시 묻지. 그래서?"

뇌마 노인이 눈을 부라렸다.

묘한 열기가 일렁이는 강렬한 눈빛.

차마 그 눈빛을 마주하지 못하고 고개를 숙이려던 사무진이 생각을 바꾸었다.

지금 이대로 넘어가면 나중에 후회하게 될 것이라는 생각이 들어서 이를 악물고 고개를 쳐들었다.

그와 동시에 힘겹게 입을 열기 시작했다.

"그러니까… 그러니까……."

"그러니까 뭐냐?"

"그러니까 나한테 이렇게 함부로 대하면 안 되는 것 아닌가요?"

그리고 사무진의 말은 정곡을 찌른 듯했다.

허를 찔린 듯 희대의 살인마들은 아무런 반박도 하지 못했다.

슬쩍 얼굴을 찡그리고 있는 뇌마 노인을 확인하고서 사무진이 히죽 웃으며 어깨에 힘을 더했다.

그래, 처음부터 이랬어야 했다.

괜히 교주가 아니었다.

교주는 이래서 좋은 것이었다.

만인지상(萬人之上).

만인 위에 군림하는 것이 마교의 교주 아닌가.

"억울해요?"

"……"

"억울하면 출세해요."

"……"

"그리고 좀 억울해도 참아요."

"……"

"화무십일홍(花無十日紅)이란 말 알죠? 세상에 영원한 권력은 없어요. 조금 더럽고 치사하더라도 꾹 참아봐요. 언젠가 좋은 날이 올지도 모르니까."

툭. 툭.

사무진이 오른손을 들어 똥 씹은 표정을 짓고 있는 뇌마 노인의 어깨를 위로라도 하듯 가볍게 두드려 주며 말했다.

"그리고 명심해요."

"……."

"내가 마교의 교주라는 것을."

뇌마 노인의 귓가에 그 말을 속삭이면서 전해지는 쾌감.

온몸이 부르르 떨리는 것 같았다.

말로 표현할 수 없는 짜릿한 쾌감이 온몸을 휘감았다.

그리고 다시 한 번 깨달았다.

사람 팔자는 어떻게 변할지 알 수 없다는 옛말은 틀리지 않다는 것을.

무시무시한 희대의 살인마들.

한때는 얼굴을 마주했을 때 숨도 제대로 쉬지 못했던 그들의 앞에서 이렇게 당당하게 큰소리를 치게 될 날이 올 것이라고 그때는 상상조차 하지 못했었는데.

하지만 지금은 엄연히 현실이 되었다.

"표정이 별로 안 좋네요."

"……."

"……."

"어디 아파요?"

"……."

"……."

"하긴 나이가 나이인데 어디 안 아픈 게 오히려 이상하죠. 될 수 있으면 몸조심하도록 해요. 늙어서 병들면 약도 없다잖아요."

히죽 웃으며 한마디를 던진 사무진이 느긋하게 뒷짐을 졌다.

"그래도 명색이 마교의 장로들이 골골대는 것을 볼 수는 없으니 교주로서 몸에 좋은 약 한 재씩 지어주도록 하죠. 아, 그렇다고 너무 감동받아서 눈물까지 흘리고 하지는 말아요. 늙은이들 우는 것은 보고 싶지 않으니까."

아무런 대꾸도 없는 희대의 살인마들의 두 눈이 어느새 붉게 충혈되어 있었다.

아무래도 사무진의 말에 감동을 받아서 눈물을 흘리는 것처럼 보이지는 않았지만 상관없었다.

사무진은 편한 대로 해석하기로 했다.

"아, 울지 말라니까요. 그깟 약 한 재 가지고 감동받기는."

"……."

"……."

"그리고 그렇게 멀뚱히 서 있지 말고 일단 여기를 정리하

죠. 아, 그래도 명색이 마교의 교주니까 좀 더 근엄하게 말해
야 하나?'

얼굴에서 웃음기를 지운 사무진이 애써 진중한 표정을 지
은 채 입을 열었다.

"큼, 크흠. 그럼 마교의 교주로서 장로들에게 첫 번째 명령
을 내리죠. 장로들이 나서서 직접 장내를 정리하세요."

사무진은 목소리를 한껏 내리깐 채 명령을 내린 후 돌아올
대답을 기대했다.

—존명!

우렁찬 목소리로 '존명!'이라고 일제히 대답하는 것을 기
대하며 지그시 눈을 감고 있던 사무진이 눈을 떴다.

조용했다.

대답이 돌아올 때가 지났는데도 희대의 살인마들은 아무
런 대답도 없었다.

그리고 거의 잡아먹을 듯한 표정으로 노려보고 있던 희대
의 살인마들이 거의 동시에 우렁찬 목소리로 대답했다.

"지랄한다!"

와락.

뇌마 노인이 사무진의 멱살을 움켜쥔 채 코앞에서 눈을 부

라리고 있었다.

"죽을래?"

"갑자기 왜 이래요?"

"뭐? 왜 이래요?"

"장로가 교주한테 이래도 돼요?"

"너, 진짜로 죽을래?"

뇌마 노인의 목소리는 담담했다.

하지만 흥분한 목소리보다 담담한 그 목소리가 오히려 더욱 무섭게 느껴졌다.

그리고 흥분한 듯 살짝 충혈된 뇌마 노인의 시선과 부딪친 순간, 사무진은 다시 예전의 아픈 기억들이 떠올랐다.

그래서 사무진이 기어들어 가는 목소리로 대꾸했다.

"재미있었죠?"

"……?"

"그냥 한번 해본 말이었어요."

사무진이 히죽 웃었다.

그리고 그제야 뇌마 노인도 웃었다.

"이제야 제정신이 돌아온 것 같구나."

"제가 잠깐 어떻게 됐었나 봐요."

"네놈 말대로 일단 이곳을 깔끔하게 정리하고 난 다음에 다시 얘기하도록 하지. 좀 더 자세하게."

뇌마 노인이 흥 하고 콧방귀를 꼈고 사무진은 아무런 말 없이 고개를 푹 수그렸다.

교주가 장로보다 높다는 절대의 진리.

천하제일인(天下第一人)이었던 무명 노인의 절기를 고스란히 물려받아 어느 누구 앞에서도 주눅들지 않아도 될 정도의 실력.

하지만 이딴 것들은 희대의 살인마들 앞에서는 아무 소용이 없었다.

뇌마 노인의 눈빛에는 묘한 마력이 있었다.

일순간에 사무진을 주눅들게 만들어 버리는.

고개를 푹 수그리고 있던 사무진이 혼잣말을 중얼거렸다.

"쓰벌, 더러워서 교주 못해 먹겠네."

第二章
격돌

荷蕷乳蒸煎棗湯細賜芙福佑革于王
至大改元四月佛浴道宙廣爲傳行
日弟子趙孟頫敬書長陞前奇
老君演此真妙経竟

共同
傳人
공동전인

천중악의 눈빛이 가라앉았다.

무려 삼십여 년 만의 재회.

언젠가는 만나게 될지도 모른다고 생각했지만 이곳에서, 이런 방식으로 만나게 될 줄은 꿈에도 알지 못했다.

한때는 마교의 교주와 장로로서 한 배를 탔던 사람들.

하지만 천중악은 장고 끝에 선택을 했었고, 그 당시 내린 그의 결정은 지금 그들을 다른 위치에 서 있게 만들었다.

그리고 위치가 달라지자 바라보는 곳도 달라졌다.

"이곳에서 다시 만나게 되었구려!"

시간의 흐름은 누구도 어찌할 수 없는 것일까.

그의 기억 속에 남아 있던 모습과 비교할 수 없을 정도로 주름이 깊게 팬 마교의 장로들이 보였다.

그리고 그들을 바라보던 천중악은 지그시 입술을 깨물었다.

부딪치는 시선.

눈빛을 교환한 순간 깨달았다.

그들의 눈빛이 이전과는 달라졌다는 것을.

문득 그날의 기억이 떠올랐다.

혈마옥에 갇히기 전, 마지막으로 만났을 당시에 찾아왔던 그들의 눈빛은 그의 기대와 달랐다.

교주에 대한 존경심은 찾아볼 수 없었다.

대신 애증(愛憎)만이 가득했다.

그리고 그 당시에는 그들의 눈에 담겨 있던 애증이라는 감정마저도 미치도록 싫었다.

하지만 삼십여 년의 시간이 흘러 다시 마주한 그들의 눈에서는 더 이상 애증의 빛조차 찾아볼 수 없었다.

차라리 증오라는 감정이라도 남아 있으면 좋았겠지만, 지금 그들의 눈에는 아무런 감정도 담겨 있지 않았다.

사실, 기뻐해야 할 일이었다.

그가 원하던 것이 이것이었으니까.

하지만 이상하게 가슴 한구석이 텅 비어버린 것 같았다.

어느 정도 예상하기는 했지만, 더 이상 아무런 감정도 남아 있지 않은 듯한 그들의 눈빛을 마주한 순간 못내 서운한 감정이 파문을 만들어내듯 퍼져 나갔다.

그래서 가슴이 답답해질 때, 뇌마가 처음으로 입을 열었다.

"원망하지 마시게."

"……."

"그 선택을 내렸던 것은 우리가 아니라 당신이었으니까."

감정의 동요가 전혀 느껴지지 않는 담담한 목소리.

삭막함을 넘어 무미건조한 목소리를 듣는 순간, 천중악은 뇌마처럼 아무렇지 않을 수 없었다.

"당신이라……."

뇌마의 입에서 흘러나온 당신이란 단어가 그의 마음을 뒤흔들었다.

단 두 글자.

하지만 그 두 글자에 담긴 의미는 컸다.

그래서 천중악은 질끈 눈을 감았다.

뇌마는 조금 전 당신이란 말을 꺼냄으로써, 이미 마음의 결정을 내렸다는 것을 보여주었다.

그리고 뇌마의 말은 틀리지 않았다.

원망을 해서는 안 되었다.

이들은 자신에게 기회를 주었다. 스스로의 인생을 희생하면서까지.

선택을 한 것은 자신이었다.

비록 장고 끝에 악수를 두었다 하더라도 그것은 그의 결정이었고, 지금은 당시에 그런 선택을 했던 대가를 치르는 것뿐이었다.

그런데 왜일까.

아까부터 깃들어 있던 서운한 마음이 가슴속에 둥근 파문을 만들면서 자꾸만 넓어지는 이유는.

흔들리는 마음을 애써 추스르며 천중악이 입을 열었다.

"난 더 이상 당신들의 교주가 아니구려."

"……."

"그 이유에 대해서는 나도 대충 짐작하고 있으니 다시 묻지 않겠소. 다만 한 가지 궁금한 것이 있소."

"말하시오."

"언제부터였소?"

"우리가 당신에게 주었던 시간은 삼십 년. 그 삼십 년의 시간이 끝났을 때부터 당신은 더 이상 우리에게 교주가 아니었소."

주저하는 기색 없이 뇌마가 대답했다.

그리고 그 대답을 들은 천중악이 씁쓸한 웃음을 지은 채 사무진을 향해 잠시 시선을 던졌다.

"좀 더 솔직히 말하는 것이 어떻소? 혈마옥에서 사무진이라는 저 아이를 만난 다음부터가 아니었소?"

"그건 아니오."

"사실이오?"

"당신이 우리와의 약속을 지켰다면 상황은 달라졌을 것이오."

"……."

"그리고 솔직히 말해서 저 아이에게는 큰 기대를 하지 않았소. 저 아이의 성정은 분명 마교와는 어울리지 않았으니까."

"그런데 변했다?"

"마교와 어울리지 않는 성정이 문제라고 생각했소. 하지만 그 성정이 예상 밖의 결과를 만들어냈소. 분명히 지금까지와는 전혀 다른 새로운 마교를 만들었으니까."

뇌마의 말에 천중악이 희미하게 고개를 끄덕였다.

정정당당이나 착한 마교 같은 것들은 분명히 이전의 마교와는 전혀 어울리지 않는 단어들이었다.

"우리는 구심점이 필요했소. 그게 저 아이였소."

"……."

"그리고 우리는 저 아이가 만든 새로운 마교가 마음에 드오."

"그렇구려."

"또 하나, 비록 당신처럼 강하지는 않지만 저 아이는 적어도 겁을 내면서 주저하지는 않았소."

뇌마가 꺼낸 마지막 말이 무형의 비수가 되어 날아와서 천중악의 가슴에 아프게 틀어박혔다.

그리고 확실히 깨달을 수 있었다.

이제는 가는 길이, 또 바라보는 곳이 다르다는 것을.

"결국 우리는 부딪쳐야겠구려."

천중악이 탄식처럼 한마디를 내뱉을 때 조용히 두 사람 사이에 오가던 대화를 듣고 있던 마군성이 앞으로 나섰다.

초조함 때문일까.

입안이 바싹 마른다는 느낌을 받으며 마군성이 뇌마를 비롯한 마교의 장로들과 시선을 마주했다.

"나 마군성이오."

"알고 있다."

"아직 기억해 주셔서 감사드리오."

"잊을 수가 없지."

무슨 뜻일까.

무심하게 가라앉은 눈빛이 날카로운 비수가 되어 돌아와 마군성의 폐부를 사정없이 찌르는 것 같았다.

하지만 기호지세(騎虎之勢).

이미 달리는 호랑이의 등에 올라탄 형국이었다.

지금 나서지 않는다면 다시는 기회가 없다는 생각이 들어 마군성은 지그시 입술을 깨물며 앞으로 나섰다.

"제안이 있어서 이렇게 나서게 되었소."

운을 떼면서 슬쩍 고개를 들어 유심히 살폈지만 뇌마의 두 눈에서는 아무것도 읽을 수 없었다.

그것이 그를 불안하게 만들었지만 지금은 머뭇거릴 때가 아니었다.

믿었던 창마는 이미 죽었고, 고루신마는 혈강시를 완성하기 전까지는 떠날 수 없다는 말을 남기고 사도맹에 남았다.

더구나 천중악이 이끄는 수하들도 죽거나 다친 이가 부지기수인 상황이라 이미 사기가 많이 떨어져 있었다.

준비한 패는 모두 실패로 돌아갔고, 전혀 예상치 못한 상황으로 흘러가며 숨겨둔 패도 남아 있지 않았다.

이런 상황에 뇌마를 비롯한 마교의 장로들, 그리고 그들이 이끌고 온 수하들과 부딪친다면 결과가 어떨지는 불을 보듯 뻔했다.

지금은 부딪칠 때가 아니라 어떻게든 싸움을 피해야 할 때였다.

"말해보거라."

"언젠가는 부딪치게 되더라도 그때가 지금은 아니라고 생각하오."

"그 이유는?"

"현재 이곳에는 호중천이 이끌고 온 사도맹의 무인들이 있소. 그리고 이들의 목적은 하나요. 여기 있는 모두를 죽이는 것."

"계속해 보거라."

"지금은 우리가 싸울 때가 아니라고 생각하오. 오히려 같은 마교끼리 힘을 합쳐서 사도맹 세력과 맞서 싸우는 것이 옳다고 생각하오. 그리고 사도맹을 처리하고 나면 산공독에 중독된 정파 놈들도 함께 쓸어버릴 수 있소. 이건 하늘이 우리 마교에게 주신 기회라 생각하오."

마군성이 말을 마쳤다.

그리고 그는 현재 장내의 정황상 뇌마를 비롯한 장로들이 자신이 꺼낸 제안을 거부하지 못할 것이라 확신했다.

하지만 그의 예상과 달리 뇌마는 쉽게 고개를 끄덕이지 않았다.

예의 무심한 눈빛으로 마군성을 바라보고 있던 뇌마의 두 눈에서 일순 짙은 살기가 흘러나왔다.

"크흑."

그와 동시에 마군성이 어깨를 부여잡고 비명을 흘렸다.

붉은 피로 얼룩진 그의 왼쪽 어깨에는 어느새 어른 검지손가락 만한 길이의 예리한 비도 하나가 박혀 있었다.

비도를 날리는 것은커녕, 뇌마가 움직이는 것조차 보지 못했기에 마군성이 고통과 당황으로 표정을 일그러뜨렸다.

"이게… 대체 무슨 짓……?"

"경고하지."

"무엇을?"

"한 번만 더 입을 열어 알량한 말장난을 친다면 다음에는 어깨가 아니라 심장에 비도가 틀어박힐 것이다."

"말장난이라니, 그건 지나……?"

슈아악.

마군성의 말이 끝나기도 전에 뇌마는 또 한 자루의 비도를 날렸다.

그리고 이번 비도는 그의 오른쪽 어깨에 자루만 남기고 깊숙이 파고들었다.

"조금 전 네가 꺼낸 말은 얼핏 들었을 때는 무척이나 그럴듯하지만 하나하나 곱씹으면 틀린 부분이 몇 가지나 있다."

"대체 어떤 부분이……?"

"우선, 같은 마교라는 말이 틀렸다."

"……."

"더구나 지금 이곳에 있는 사도맹 놈들이 대단한 것처럼 말하고 있지만 실상은 우리들만으로도 충분히 쓸어버릴 수 있다. 그래서 지금 네가 꺼낸 말들은 알량한 말장난에 불과한 것이다."

"흐음……!"

비도가 틀어박힌 양쪽 어깨에서 전해지는 고통 때문에 얼굴을 찡그리고 있던 마군성이 침음성을 흘렸다.

늙은 생강이 맵다는 옛말은 틀리지 않았다.

뇌마는 그가 꺼낸 제안에 숨어 있던 빈틈들을 놓치지 않았다.

'정녕 다른 방법이 없는가?'

그가 꺼낸 제안이 받아들여지지 않았으니 다른 수를 내야 했다.

그래서 고개를 바닥으로 떨군 채 마군성이 다시 필사적으로 머리를 굴릴 때, 주름진 손이 예고도 없이 다가왔다.

콰직.

목덜미를 움켜쥔 뇌마의 손아귀에 실린 힘은 강했다.

마군성의 몸이 허공으로 떠올랐다.

바닥에서 한 자 이상 발이 떨어진 상황에서 힘껏 몸부림을 쳤지만, 목덜미를 움켜쥔 손을 떼어낼 수는 없었다.

그래서 마군성의 눈이 커졌다.

숨통을 열어줄 한 줌의 공기가 너무나 절실한 순간, 뇌마의 삭막한 목소리가 마군성의 귓가를 파고들었다.

"마교가 어떤 곳이냐?"

"……?"

"명분이 있다면 피하지 않는 것이 마교다. 목숨을 잃을지언정 명분이 있다면 끝까지 싸우는 것이 진짜 마교의 정신이다. 하지만 지금 마교의 군사라는 네놈은 고작 살아남기 위해 잔꾀를 부리고 있다. 어쩌면 네놈이 군사 자리를 맡았기에 모두가 눈이 멀고 이런 최악의 상황까지 이르렀을지도 모르지. 억울해하지 마라. 이미 오래전에 군사의 역할을 망각한 너의 죗값을 치르는 것뿐이니까."

숨이 막혔다.

목을 조르고 있는 뇌마의 주름진 손 때문만은 아니었다.

뇌마가 삭막한 목소리로 꺼낸 이야기들이 그의 숨통을 조였다.

힘겹게 고개를 돌린 마군성이 천중악을 바라보았다.

그리고 망연자실한 표정을 지은 채 시선을 피하고 있는 천중악을 확인한 마군성이 결심을 굳혔다.

"다… 내 탓이오."

"……."

"교주…님은 아무 죄가 없소. 내… 말을 따랐던 것이 다였소. 그러니… 그러니 날 죽이고 교주님은 살려주시오."

마군성은 생에 대한 미련을 버렸다.

대신 천중악이라도 살리기로 마음먹은 것이다.

그러나 뇌마의 눈빛은 여전히 차갑기만 했다.

"네놈은 군사로서는 최악이로군."

"……"

"협상이라는 것을 할 때에는 그만한 가치가 있는 것을 걸어야 한다는 사실조차도 망각하고 있다니."

"그건……."

"네 목숨에는 그만한 가치가 없다!"

마군성이 할 말이 남은 듯 입을 벌렸다.

하지만 그에게는 더 이상의 변명을 꺼낼 기회조차 주어지지 않았다.

우드득.

뇌마의 주름진 손에 힘줄이 불거지며 마군성의 목이 기이한 각도로 꺾였다.

목뼈가 부러지며 절명한 마군성의 시체를 아무렇게나 내던진 뇌마가 다시 천중악에게로 시선을 던졌다.

"더 이상은 날 실망시키지 마시오."

그리고 뇌마가 던진 한마디를 듣던 천중악이 입술을 지그시 깨물었다.

호중천의 눈빛이 흔들렸다.

마성장으로 오면서 세웠던 계획은 모든 것이 순조로웠다.

흑독문은 자신했던 대로 이곳에 모인 정파 인물들의 대부분을 산공독에 중독시키는 데 성공했고, 천중악을 정파무인들과 함께 사지로 몰아넣는 것에도 성공했다.

하지만 계획이 어긋나기 시작한 것은 이곳에 있을 것이라고는 전혀 예상치 못했던 사무진이라는 놈의 등장부터였다.

아니, 그래도 거기까지는 괜찮았다.

사무진이라는 놈과 그가 이끌고 있는 마교의 무리들이 예상외로 강했지만 감당하지 못할 정도는 아니었으니까.

그대로 조금만 더 시간이 흘렀다면 예상보다 피해는 더 입더라도 결국 임무는 완수했을 터였다.

그러나 또 한 번 예상치 못한 변수가 발생하며 그의 발목을 붙잡았다.

이제는 잊혀져 버린 이름인 마교의 장로들.

혈마옥에 갇혀 있다고 알려졌던 이들이 나타났다.

"산공독이라… 예전이나 지금이나 사도맹 놈들이 쓰레기들이나 하는 더러운 짓거리를 하는 것은 여전하군."

그리고 일을 어렵게 만든 장본인이 다가와 꺼낸 이야기를 듣던 호중천의 표정이 일그러졌다.

이자에 대해서는 호중천도 알고 있었다.

마교의 장로들 중에서도 우두머리로 알려져 있었던 뇌마였다.

"겁이 없군."

"네놈은 개념이 없구나."

"감히 내 앞에서 그따위 망발을 늘어놓고도 살기를 원하는 것은 아니겠지?"

"감히 내 앞에서 반말을 찍찍 내뱉으면서 살기를 바라는 것은 아니겠지?"

한마디도 지지 않고 이어지는 설전.

호중천의 얼굴이 붉게 달아올랐다.

그에 반해 뇌마는 여유있게 입꼬리를 말아 올렸다.

연륜의 차이.

그리고 경험의 차이가 확연히 드러나고 있었지만 흥분한 호중천은 그조차도 깨닫지 못하고 있었다.

"함부로 입을 놀린 대가를 치르게 해주지."

"누가?"

잔뜩 흥분한 채 소리를 지르던 호중천의 말문이 막혔다.

그런 그가 함께 왔던 이들에게 시선을 던진 후 표정이 굳어졌다.

검마와 일검을 교환한 후 입은 내상 때문일까.

조금 전까지 입매를 타고 흐르던 피는 말끔히 닦아냈지만, 눈에 띄게 안색이 창백하게 변한 전격의 모습이 보였다.

물론 현극무존(玄極武尊) 전격은 사도맹 서열 칠위에 올라 있는 자.

조금 전 일검을 교환한 후 약간의 내상을 입었다고 해서 무인으로서의 생명이 끝난 것은 아니다.

그만한 명성은 땅따먹기를 해서 쌓은 것이 아니었고, 지금 상황에서도 자신의 이름값에 걸맞은 활약은 충분히 해낼 능력이 있는 자였다.

하지만 호중천은 놓치지 않았다.

지금 전격의 눈에 깃들어 있는 두려움이라는 감정을.

평소 그의 눈에 떠올라 있던 지나치다 싶을 정도의 자신감과 오만함은 어디론가 사라지고 대신 두려운 감정이 그 빈자리를 채우고 있었다.

그리고 그것은 사도맹 서열 사위에 올라 있는 혈해혼돈(血海混沌) 하원효도 마찬가지였다.

잔뜩 긴장한 기색이 역력한 하원효의 얼굴을 확인한 순간, 호중천은 지금의 상황이 그의 생각보다 훨씬 더 심각함을 깨달았다.

'이들이 그 정도로 강하단 말인가?'

호중천이 얼굴을 굳혔다.

이들은 호중천이 태어나기도 전에 활약했던 이들이었다.

그래서 그는 이들의 강함에 대해 자세히 몰랐다.

하지만 하원효와 전격 등은 이들과 동시대에 태어나 자웅을 겨루었던 이들이었다.

그런 그들이 저렇게까지 긴장하고 있다는 것은 마교의 장로들이 그만큼 강하기 때문일 터였다.

"감히 사도맹을 적으로 돌릴 생각인가?"

하지만 약한 모습을 보일 수는 없었다.

한참 만에 호중천이 꺼낸 이야기를 듣고서 뇌마 노인의 입가에 따올라 있던 미소가 짙어졌다.

"그리 말하면 겁을 먹을 것 같은가?"

"혈마옥에서 지낸 시간이 워낙 길어 아직 상황 파악을 못하는가 보군. 사도맹의 무서움을 직접 겪고 나면……."

"아마 다른 곳에서는 그리 말하면 통했겠지. 그러나 지금은 아니다. 명심해라, 고작 사도맹을 두려워했다면 이곳에 모습을 드러내지도 않았다."

"……?"

"하지만 결정은 나의 몫이 아니지."

뇌마가 도중에 말을 멈추고 사무진을 향해 고개를 돌렸다.

그리고 그 시선을 받고서 잠시 움찔하던 사무진이 한 걸음

앞으로 나서며 못마땅한 표정으로 입을 뗐다.

"갑자기 왜 날 보고 그래요?"

"네가 마교의 교주이니까."

"언제부터 그렇게 교주 대접을 했다고."

"죽을래?"

"틈만 나면 그 소리."

"진짜 죽을래?"

"오래오래 살 거거든요."

"……."

"어쨌든 선택을 하라면 해야죠."

뚱한 표정을 지은 채 사무진이 호중천을 노려보았다.

"내 결정은 하나예요."

"……?"

"전에도 한 번 말한 적이 있지만 사도맹이 두려웠다면 시작하지도 않았어요."

사무진의 말을 듣고서 호중천의 안색이 창백해졌다.

그에 반해 뇌마의 입가에는 만족스런 미소가 떠올랐고.

호중천이 밀랍 인형처럼 창백한 얼굴로 급히 입을 뗐다.

"후회할 것이다."

"내 걱정은 하지 말고 그쪽 걱정이나 하지."

"무슨 소리냐?"

"직접 겪어보지 않아서 아직 잘 모르겠지만 우리 마교의 장로들이 무척이나 강해. 일 인당 최소 이천 명씩 죽인 희대의 살인마들이니까 어떻게 살아남을지에 대해 궁리하는 편이 좋을 거야."

한마디를 남기고 멀어지는 사무진의 등을 바라보는 호중천의 표정이 어두워졌다.

"우린 그늘에 앉아서 구경이나 해요."

사무진은 바닥에 털썩 주저앉았다.

그리고 담벼락에 등을 기댄 채 마교의 장로들이 실력을 발휘하는 것을 흥미로운 눈으로 바라보기 시작했다.

느긋한 표정으로 앉아 있는 사무진의 곁으로 홍연민이 안절부절못하는 표정을 지은 채 다가왔다.

"이래도 되는가?"

"뭐가요?"

"이렇게 느긋하게 앉아 있어도 되는가 해서."

"어차피 진기도 바닥났어요. 지금 괜히 나서면 한소리 들을지도 몰라요. 몸도 성치 않은 놈이 설치지 말고 가만히 앉아 있으라고."

사무진이 설명했지만 홍연민의 얼굴에 떠올라 있는 불안한 표정은 사라지지 않았다.

"보기엔 저래도 생각보다 대단한 영감들이에요."

"정말 이길 수 있을까?"

그리고 다시 질문을 던지는 홍연민에게 사무진이 태연하게 대답했다.

"이겨요."

"하지만 사도맹은 강하네. 호중천은 물론이거니와 혈해혼돈 하원효와 현극무존 전격은 대단한 고수들이네."

"이긴다니까요."

"그렇지만……."

"저거 안 보여요?"

"뭘 말인가?"

"저기요, 저기."

말로 설명해 봤자 소용이 없다는 생각이 들었다.

그래서 사무진이 급히 소리치며 손가락을 들어 가리키자 그곳을 따라 시선을 옮기던 홍연민의 눈에 현극무존 전격과 검마가 대치하고 있는 모습이 들어왔다.

"저분은 누군가?"

"검마 노인이에요."

"저분이 검마셨군."

"어때 보여요?"

"소문이 틀렸군."

"무슨 소문요?"

"왜, 그런 소문이 한동안 강호에 돌았지 않은가? 첫사랑에 실패하고 살짝 맛이 갔다는 소문 말일세."

"그 소문이 맞을지도 몰라요."

"응?"

"희대의 살인마들 중에 유일하게 마음이 따뜻하거든요. 하지만 성정만 조금 변했을 뿐 실력은 그대로죠. 좀 자세히 봐요."

"얼핏 보아서는 백중세로 보이는데 솔직히 말해서 자세히 보이지도 않는군."

홍연민의 대답을 듣고서 사무진이 고개를 끄덕였다.

비록 현재 마교의 군사라고는 하나 홍연민은 무공을 익힌 적이 없었다.

한 시대를 풍미하고 있는 고수인 전격과 검마 노인이 쉴새 없이 주고받고 있는 공방을 제대로 살필 수 있을 리가 없었다.

하지만 사무진은 달랐다.

청광과 백광.

전격의 검이 만들어내고 있는 청광과 검마 노인이 만들어 낸 백광이 눈이 부실 정도로 장내를 가득 뒤덮고 있었다.

사무진은 그 속에서 벌어지고 있는 숨가쁜 공방을 하나도 빼놓지 않고 제대로 살피고 있었다.

전격의 검이 만들어내고 있는 청광은 화려했다.

피할 수 있는 공간 따위는 허용하지 않겠다는 듯 그의 검이 만들어내는 청광은 한 치의 틈도 남겨두지 않고 공간을 점하고 있었다.

그에 반해 검마 노인의 검이 만들어내고 있는 백광은 패도적이었다.

화려한 청광에 가려 거의 보이지 않던 백광이었지만 시간이 흐를수록, 백광이 청광을 밀어내기 시작했다.

백광의 패도적인 기세가 청광의 화려함을 힘으로 눌러 버리고 있었다.

'기세에서 밀렸어!'

비록 지금에서야 승부의 추가 기울어지기 시작했지만, 처음 검마 노인이 등장하며 휘둘렀던 일검과 함께 승부는 기울어졌다고 해도 과언이 아니었다.

검마 노인이 허공에서 내지른 일검에 적중된 전격은 단순히 내상을 입은 것이 전부가 아니었다.

그 일검에 담긴 패도적인 기운이 전격의 투지도 앗아가 버렸고, 분명 지금의 상황은 검마 노인의 우세였다.

"검마 노인이 이기겠네요."

"확실한가?"

"저거 안 보여요?"

"대체 지금 뭘 보란 말인가? 내가 보기에는 조금 전과 달라진 것이 아무것도 없어 보이는데."

"팔 하나 떨어졌잖아요."

"팔이 떨어져?"

홍연민이 놀란 표정을 감추지 않고 눈을 치켜뜰 때, 장내를 뒤덮고 있던 청광의 기세가 완연히 꺾였다.

그와 동시에 뒤로 물러나며 팔꿈치 부분부터 잘려 나간 왼팔을 지혈하고 있는 전격을 바라보던 홍연민은 감탄했다.

"서도맹 서열 칠위에 올라 있는 현극무존 전격을 상대로 저렇게 압도적인 모습을 보이시다니……."

"더 놀라운 걸 가르쳐 줄까요?"

"더 놀라운 것?"

"사실… 검마 노인이 마교의 장로들 중 막내예요."

사무진이 히죽 웃었다.

"실력이 제일 없다는 소리죠."

"정말인가?"

"못 믿겠으면 저길 봐요."

사무진이 다시 손을 들어 가리킨 곳은 혈해혼돈 하원효와 심마 노인이 대결을 펼치는 곳이었다.

"저분은 누구신가?"

"심마 노인이죠."

"심마?"

"어라, 심마 노인도 모르나 보네요. 하긴 그럴 수도 있죠. 보자, 대체 어떻게 설명하면 좋을까요?

잠시 고민하던 사무진이 곧 웃으며 말했다.

"마교의 장로들 중 가장 존재감이 없는 노인이죠."

사무진의 설명을 들었지만 홍연민은 믿기지 않는다는 표정을 지었다.

다른 이도 아닌 사도맹 서열 사위에 올라 있는 하원효였다.

그런 그와 일대일로 대결을 펼치면서도 전혀 밀리지 않는데 어떻게 존재감이 없다고 할 수 있을까.

사무진과 홍연민이 대화를 나누는 와중에도 하원효와 심마 노인의 공방은 쉬지 않고 이어지고 있었다.

그리고 이번에는 무공에 대해 잘 모르는 홍연민도 확실히 느낄 수 있을 정도로 심마 노인이 밀리고 있었다.

"이번에는 위태로워 보이시는군."

"내가 봐도 그래요."

"그럼 역시?"

"하지만 아직 속단은 일러요. 계속 밀리고는 있지만 그렇다고 어디 한군데 치명적인 상처를 입은 것도 아니잖아요."

"그럼 뭔가 비장의 한 수가 있단 말인가?"

"맞아요. 그리고 내 생각에 그 비장의 한 수는……."

"……?"

"유령신마 노인이에요."

사무진의 예상은 빗나가지 않았다.

연신 뒤로 밀리면서도 예전 절벽을 바라볼 때처럼 하염없이 하원효에게서 눈을 떼지 않던 심마 노인은 결정적인 일격을 펼쳤다.

하원효의 겨드랑이를 노리고 파고든 짤막한 비수.

그리고 갑작스럽게 요혈을 노리고 파고드는 그 공격을 피하기 위해 적잖이 당황한 표정으로 하원효가 뒤로 물러날 때였다.

불쑥.

땅거죽이 들썩였다.

그와 동시에 천괴지둔공을 펼쳐 땅속에 숨어 있던 유령신마가 갑자기 튀어나왔다.

번쩍이는 붉은 광채.

유령신마의 손에 들린 피처럼 붉은 비수는 하원효가 피할 틈도 주지 않고 그의 사타구니 부근을 노리고 깊숙이 파고들었다.

"땅속에서… 찌른다."

그 모습을 보다 보니 갑자기 예전에 천괴지둔공을 펼쳐 땅속에 숨어 있다가 숟가락으로 호랑이의 뱃가죽을 찌르던 기억이 떠올랐다.

그래서 사무진이 혼잣말을 중얼거릴 때, 홍연민이 감탄성을 내뱉었다.

"저걸 피하다니. 역시 하원효로군."

"못 피했어요."

"물론 완전히 피하지 못하고 허벅지 부근을 살짝 베이긴 한 것 같지만 저 정도는 별 타격이 없을 것 같은데."

홍연민이 의견을 내놓았지만 사무진은 고개를 흔들었다.

"유령신마 노인의 얼굴 안 보여요?"

"보이네."

"어떤 것 같아요?"

"조금 무섭군."

"어차피 우리끼리 하는 이야기니까 좀 더 솔직히 말해도 돼요."

"사실 인세에 존재해서는 안 되는 괴물이라는 느낌이 드네."

"제대로 봤네요."

"많이 무섭군."

"그런데 그게 전부에요?"

사무진의 질문을 듣고 좀 더 자세히 살피던 홍연민이 흠칫 놀라며 대답했다.

"설마 저건 웃는 건가?"

"이번에도 잘 봤네요."

"웃으니 더욱 흉측하군."

"아직 겪어보지 않아서 잘 모르겠지만 유령신마 노인은 아무 이유 없이 웃을 노인이 아니에요. 지금 기분이 매우 좋은 거죠."

"공격이 빗나갔는데 어찌 기분이 좋을 수 있는가?"

"아까도 말했지만 빗나간 것이 아니라니까요."

"하지만 분명히 상처가 매우 얕지 않은가?"

"독을 발라놨을 거예요."

"독?"

사무진의 예상은 이번에도 빗나가지 않았다.

여유롭게 유령신마 노인의 공격을 피한 것처럼 보이던 하원효의 이마에는 어느새 식은땀이 송골송골 맺혀 있었다.

그리고 시간이 흐를수록 움직임이 점차 둔해지고 있었다.

머지않아 하원효가 쓰러질 것이라는 판단을 내린 사무진이 다시 고개를 돌리자 이번에는 색마 노인이 보였다.

그의 손에 들린 것은 어디서 구한 것인지 모를 길쭉한 쇠몽둥이.

그 쇠몽둥이를 든 채로 색마 노인은 덩실덩실 춤을 추고 있었다.

"저건 뭔가?"

"환환만화공이라고 들어봤어요?"

"들어봤네."

"호오. 생각보다 아는 것이 많네요."

"어찌 모를 수 있겠나?"

"……?"

"자네와 아미성녀님 사이를 가깝게 만들어준 무공인데."

사무진의 눈빛이 사납게 변했다.

그 눈빛을 뒤늦게 확인한 홍연민이 움찔하며 입을 다물었지만 이미 사무진의 마음은 상한 후였다.

"자꾸 그러지 말아요."

"좋은 분이네."

"그건 나도 알아요."

"사랑을 위해 모든 것을 버리신 훌륭한 분이지."

사무진의 표정이 결국 일그러지는 것까지 확인하고서야 홍연민은 서둘러 다른 이야기를 꺼냈다.

"그럼 색마께서 지금 펼치는 것이 환환만화공인가?"

"맞아요."

"그렇군. 그런데 조금 이상하군. 내가 알기로 환환만화공은 여자들에게만 통하는 무공이라고 알고 있는데."

"잘못 알고 있네요."

"그런가?"

"여자뿐만 아니라 짐승의 암컷에게도 통하죠."

"설마?"

홍연민이 영 믿기지 않는다는 표정을 지었다.

그리고 의심스러운 기색을 감추지 않고 있는 홍연민을 위해서 사무진이 부연설명을 덧붙였다.

"혈마옥에서 호랑이를 상대로 직접 실험해 봤어요."

"진짜 되던가?"

"아니요."

"왜?"

"다 수컷이었어요."

"그거 안 됐구만."

"지금 홍 군사는 그렇게 웃으며 말하지만 당시의 나는 무척이나 심각했어요. 목숨이 달린 일이었으니까요."

아픈 기억이 또 한 번 떠올랐다.

지금이야 추억이 되었지만 그 당시 수컷 호랑이 앞에서 덩실덩실 춤을 췄던 기억을 떠올리면 아직도 가슴이 아렸다.

대체 그때, 자신들의 앞에서 덩실거리며 춤을 추던 사무진을 바라보던 수컷 호랑이들은 어떤 생각을 했을까.

거기까지 생각이 미치자 갑자기 얼굴이 화끈 달아올라서 어디 쥐구멍에라도 숨고 싶을 지경이었다.

"환환만화공을 저렇게 사용할 수도 있네요."

"무슨 소린가?"

"저거 안 보여요? 사도맹의 무인들이 환환만화공을 펼치고 있는 색마 노인을 차마 바라보지 못하고 고개를 돌리고 있잖아요."

홍연민이 고개를 끄덕였다.

사도맹의 무인들이 애써 고개를 돌려 외면하는 것이 보였다.

그리고 오래 바라보지 못한 것은 홍연민도 마찬가지였다.

혐오감이라고 할까.

계속 바라보다 보니 속이 메스껍고 금방이라도 토할 것 같은 느낌이 들어서 더 이상 바라볼 수가 없었다.

"사내들에게 환환만화공을 사용해서 혐오감을 불러일으키고 있잖아요. 보고 싶지 않아서 자꾸만 고개를 돌리고 싶고, 상대를 잔뜩 흥분하게 만든 다음에 빈틈을 노려서 공격하고 있어요."

덩실덩실 춤을 추는 것으로 모자라 살인 미소까지 날리고 있는 색마 노인을 차마 더 바라보지 못하고 외면하던 사무진이 고개를 기울였다.

어쩐 일인지 독마 노인이 보이지 않았다.

지금쯤 저 속에 섞여서 독수비공을 펼치고 있어야 할 독마 노인의 모습이 어디에도 없다는 사실이 갑자기 불길하게 느껴졌다.

"여기 있었구나!"

그리고 언제나 그렇듯 불길한 느낌은 틀리지 않았다.

사무진이 고개를 홰홰 돌리며 독마 노인을 찾으려던 순간, 기다렸다는 듯이 독마 노인이 곁으로 다가왔다.

독마 노인은 혼자가 아니었다.

옆구리에 사람을 하나 끼고 다가오고 있었다.

'얼마나 두들겨 패면 사람이 이렇게 될까?'

사무진이 독마 노인의 손에 들려 오는 인물을 바라보다 얼굴을 찡그렸다.

눈두덩이는 퉁퉁 부어올라서 두 눈은 아예 보이지도 않았고, 원래는 높았던 코뼈도 주저앉은 듯 보였다.

더구나 벌어진 입 사이로 살펴보니 이빨도 몇 개 남아 있지 않았다.

"모질게도 팼네요."

"맞을 만한 놈이지."

"누군데요?"

"흑독문의 문주."

"이 사람이요?"

"그래. 눈치를 살살 보다가 도망치려 하던 것을 잡아왔지."

뭐가 그리 기분이 좋은지 싱긋 웃고 있던 독마 노인이 가뜩이나 다 죽어가던 흑독문의 문주를 바닥에 아무렇게나 내팽개쳤다.

그리고 바닥을 뒹굴다가 간신히 멈춘 흑독문주가 정신을 차리기도 전에 독마 노인이 소리쳤다.

"입 벌려!"

"아무리 그래도 너무 그렇게 극단적으로 몰아붙이지 말아요. 지금도 반 이상 죽은 것 같은데."

독마 노인의 서슬 퍼런 기세에 눌려 흑독문주는 자신도 모르는 사이에 반쯤 입을 벌리고 있었다.

그런 그를 안쓰럽게 바라보며 사무진이 한마디를 던졌지만 아무런 소용이 없었다.

퍼억.

혈마옥에 갇혀 있었을 때부터 알고 있었던 사실이지만, 독마 노인에게서는 인정이라고는 찾아볼 수가 없었다.

반쯤 죽어가던 흑독문의 문주는 변변한 저항도 하지 못하고 뒤통수를 얻어맞은 뒤 그대로 바닥에 얼굴을 처박았다.

흙을 잔뜩 묻힌 채 흑독문의 문주가 다시 고개를 들자 독마 노인이 뒷덜미를 움켜쥐고 일으켜 세웠다.

"왜 네놈이 입을 벌리고 지랄이야."

"……?"

"너 벌려."

사무진이 머리를 긁적였다.

독마 노인의 손가락이 가리키고 있는 것은 분명 자신이었다.

괜히 고개를 홰홰 돌려 주위를 살핀 사무진이 히죽 웃으며 물었다.

"나요?"

"그래."

"왜요?"

"오대극독 먹어야지."

처음에는 농담이라고 생각했다.

그래서 히죽 웃었지만, 독마 노인의 얼굴에는 장난기 따위는 없었다.

"진심이에요?"

"너 내가 실없는 농담하는 것 본 적 있냐?"

"없죠."

"그런데 왜 물어?"

독마 노인은 분명 농담과는 거리가 먼 사람이었다

손톱을 뽑겠다고 말했을 때에는 진짜로 손톱을 뽑았고, 다시 붙여주겠다는 말도 지켰으니까. 지금 나눈 대화를 통해서 장난이 아니라는 것을 확신한 사무진은 심장이 철렁 내려앉는 기분이었다. 더 이상 한가롭게 앉아 있을 수 없었다.

자리에서 벌떡 일어난 사무진이 천지미리보를 펼치려 했

지만 독마 노인의 오른손이 더 빨랐다.

무명 노인이 어떤 공격도 피할 수 있다고 장담했던 천지미리보를 펼쳐 보기도 전에 사무진의 뒷덜미는 독마 노인에게 잡혀 있었다.

"업보란 사라지지 않는 법이지."

흑독문주 전혁성의 눈빛이 무겁게 가라앉았다.

"비록 그것이 네 아비의 업보라 하더라도 결국 누군가는 그 업보에 대한 책임을 져야 하는 법이다."

독마 노인의 목소리는 스산했다.

일말의 감정도 섞여 있지 않아 황량하게 느껴지는 그 목소리를 듣고서 전혁성이 신형을 흠칫 떨었다.

그리고 도망치려다가 뒷덜미를 잡힌 채 독마 노인의 이야기를 듣던 사무진이 한숨을 내쉬었다.

독마 노인은 전혁성을 죽일 마음을 먹고 있었다.

이제 남은 문제는 어떻게 죽이느냐 뿐이었다.

"꺼내놓거라."

"무엇을 꺼내놓으라는 거요?"

"오대극독!"

독마 노인은 짤막하게 대답했다.

하지만 전혁성은 당황한 표정을 감추지 못했다.

흔들리는 두 눈으로 서 있던 전혁성이 한참 만에야 입을 뗐다.

"자결하게 해주시오."

오대극독이 얼마나 무서운지 아는 전혁성이었기에 꺼낸 부탁이었다.

그리고 독마 노인은 의외로 쉽게 그 부탁을 들어주었다.

"허락하지. 단, 오대극독은 내놓고 죽어라."

"오대극독은 대체 왜?"

"오대극독을 먹을 사람은 따로 있거든."

독마 노인의 시선이 향한 곳에는 사무진이 서 있었다.

물론 사무진은 재빨리 고개를 돌려 그 시선을 외면했지만, 그렇다고 해서 무사히 넘어갈 수 있을 리 만무했다.

"이제 그만 내놓거라."

"그것이……."

"당장에 내놓지 않는다면 오대극독을 네놈에게 먹이겠다."

그 협박을 듣자마자 전혁성이 주저없이 품속을 뒤지기 시작했다.

그리고 품속을 조심스럽게 뒤지던 전혁성이 뭔가를 주섬 주섬 꺼내놓고 있는 것을 보던 사무진은 화가 났다.

이건 아니었다.

진짜 사내라면 협박에 넘어가서는 안 되었다.

그것도 흑독문이라는 작지 않은 문파를 이끌어가는 자가 고작 협박에 이렇게 쉽게 넘어가서는 안 되는 것이 아닌가?

마교를 이끌어가는 사람으로서 따끔하게 충고를 하려 했지만, 그전에 독마 노인이 먼저 말했다.

"입 벌려."

"진짜 먹일 생각이에요?"

"약속했잖아."

당연하다는 듯한 독마 노인의 대답을 듣고서 사무진이 한숨을 내쉬었다.

물론 약속을 하기는 했었다.

그렇지만 지금 먹겠다는 뜻은 아니었다.

사무진은 그 약속을 할 당시에는 그저 먼 훗날, 그러니까 기력이 다해서 죽기 전쯤 찾아가서 먹으려고 했던 것이었다.

더구나 그때는 이렇게 독마 노인을 다시 만나게 될 것이라고는 꿈에도 생각지 못했다.

그래서 그리 깊이 생각하지 않고 약속했던 것인데.

"궁금한 게 하나 있는데요."

"뭐냐?"

"난 만독불침이니까 이거 먹어도 괜찮겠죠?"

"글쎄다."

당연히 '그럼'이라고 대답할 것이라 예상했던 독마 노인은 사무진의 심장을 벌렁거리게 만드는 대답을 꺼냈다.

"왜요?"

"이건 좀 많이 독하거든."

"그럼 죽을 수도 있어요?"

"운이 나쁘면."

"난 운이 좋았던 적이 별로 없는데요."

"그건 네 팔자지."

저런 무책임한 대답을 꺼내다니.

독마 노인에게 뭔가 기대한 것이 잘못이었다.

"이건 좀 문제가 있는 것 같은데요."

"뭐가?"

"벌써 잊었어요? 내가 마교의 교주잖아요."

"그런데?"

"만약에… 그러니까 이건 만약인데 운이 더럽게 없어서 내가 죽으면 마교는 교주가 없어지는 거잖아요."

"그렇지."

"그럼 안 되잖아요? 내가 없으면 마교는 누가 이끌겠어요?"

"괜찮다."

"어떻게 괜찮을 수가 있어요?"

"다른 놈을 교주로 세우면 되니까. 네가 잘 모르나 본데 마교의 교주를 하고 싶어하는 놈들은 지천으로 깔려 있다."

예전부터 느낀 것이지만 독마 노인은 역시 치밀했다.

사무진이 오대극독을 마시다가 죽고서 마교의 교주 자리가 공석으로 남을 상황까지 이미 대비해 놓고 있었다.

"나만큼 뛰어난 교주가 어디 있겠어요?"

"뭔가 착각하는가 본데… 넌 그다지 뛰어난 교주가 아니다."

"흥!"

사무진도 순순히 죽어줄 생각은 없었다.

고생 끝에 낙이 온다고 이제 겨우 마교도 자리가 잡혀서 살만해졌는데 이렇게 비명횡사하기에는 너무 억울했다.

"먹을게요."

"잘 생각했다."

"물론 먹기는 먹는데 그게 꼭 지금일 필요는 없잖아요? 오늘은 너무 피곤하기도 하고, 요즘 따로 먹는 보약이 있기도 하고."

"그래서?"

"나중에 지금 먹는 보약을 다 먹고 몸 상태가 좀 좋아지면 그때 먹을게요."

"지랄한다."

혹시나 했지만 역시였다.

이런 변명이 통할 리가 없었다. 대화는 거기까지였다.

독마 노인은 어느새 코앞까지 다가와서 사무진의 입을 벌리고 있었다.

"이건 진짜 너무하잖아요."

"아까도 얘기했지만… 운이 좋으면 안 죽을 수도 있다."

"하나도 위로가 안 되거든요."

"미안하지만… 마땅히 위로해 줄 다른 말이 없다."

매정한 독마 노인의 말을 듣고서 사무진이 마지막 한마디를 던졌다.

"좋아요. 그럼 우리 같이 먹어요."

"왜?"

"콩 한 쪽도 나눠 먹으라는 말이 있잖아요."

"그러고 싶은데……."

"그런데요?"

사무진은 나름 필사적인 심정으로 물었지만 독마 노인은 씨익 웃을 뿐이었다.

그리고 잠시 뒤 밉살맞은 웃음을 지은 채 대답했다.

"이건 일인분이다."

第三章
선택, 그리고 대가

荷葉乳蒸煮棗湯細賜美福佑弟子生此
至大改元四月佛浴道吉廣為傳衍
日弟子趙孟頫敬書長歷前丹
老君演此真妙俗竟正

共同
傳人
공동전인

"진짜… 진짜 먹일 생각이에요?"

"물론이다."

"냄새부터 심상치 않은데요."

"몸에 좋은 약은 쓴 법이다."

"이건 약이 아니라 독이잖아요."

"원래 몸에 좋은 독은 쓴 법이다."

말도 안 되는 소리를 하며 독마 노인이 씨익 웃었다.

그리고 가장 먼저 사무진의 입 속으로 들어간 것은 손가락 두 마디 정도 크기의 자기 병에 들어 있던 검정색 액체였다.

"맛이 어떠냐?"

"비려요."

"견딜 만한가 보지?"

"진짜… 죽을 것 같아요."

싱글싱글 웃으며 질문을 던지고 있는 독마 노인을 향해 사무진이 잔뜩 인상을 찡그린 채 대꾸했다.

그냥 엄살이 아니었다.

지독하게 풍기는 비릿한 향을 참고 억지로 삼키자마자 뱃속이 불이 난 것처럼 화끈하게 달아올랐다.

순식간에 오장육부가 모조리 녹아 내리는 느낌.

지금까지 독마 노인의 협박과 속임수에 넘어가 수많은 독을 경험했던 사무진이었지만 이런 느낌은 처음이었다.

"이건 뭐죠? 그러니까 이름이나 알고 먹죠."

"알면 놀랄 텐데."

"아직 먹어야 할 게 네 개나 더 남았다는 사실만으로도 기절하기 일보직전이니까 더 놀랄 것도 없어요."

"그럼 알려주마. 이건 부시독이다."

"부시독이요?"

되묻는 사무진의 입 속으로 또 다른 자기 병에 담겨 있던 부시독이 부어졌다.

"죽은 시체가 부패되면서 만들어지는 인독을 추출한 거지."

"독하네요."

바르르.

조금 전까지 멀쩡하던 사무진의 속눈썹이 바르르 떨리기 시작했다.

그리고 목소리도 갈라지기 시작했다.

"다음은… 뭐예요?"

"화음골산. 부패하기 시작하는 백골을 태운 연기에서 추출한 독이지."

"그만… 이제 그만 먹으면 안 될까요?"

사무진의 애절한 부탁은 이번에도 아무 소용이 없었다.

독마 노인은 손에 들고 있었던 메추리알 만한 크기의 환단을 이미 사무진의 입 속에 밀어 넣은 후였다.

그리고 사무진에게 설명해 주기도 귀찮은 듯 남은 두 가지의 독까지 한꺼번에 입 속으로 밀어 넣어버렸다.

얼굴을 잔뜩 찡그린 채 입술을 바들바들 떨고 있던 사무진의 눈이 커졌다.

뭔가 이상했다.

조금 전까지 뜨겁기만 하던 뱃속이 차가워졌다 뜨거워졌다를 반복하고 있었다.

그러더니 어느 순간부터 뱃속이 부글부글거리기 시작했다.

"이거 좀 이상한데요?"

"뭐가?"

"배가 자꾸 불러오잖아요."

사무진은 기겁했다. 갑자기 배가 부풀어오르는데 어찌 놀라지 않을까.

출산을 코앞에 둔 아녀자의 배처럼 잔뜩 부풀어오른 배를 바라보던 사무진의 안색이 어둡게 변했다.

"설마… 터지지는 않겠죠?"

"나도 궁금해하고 있다."

"그렇게 무책임한 말을 하다니."

독마 노인에게서는 아무것도 들을 수 없었다.

그래서 사무진은 전혁성에게로 시선을 던졌다.

하지만 전혁성은 사무진 못지않게 놀란 표정이었다.

"터질까?"

독마 노인의 질문에 전혁성도 대답하지 못했다.

"직접 먹어본 적이 없어서……."

"실험을 해보기는 했을 것 아니냐?"

"사실 몇 번 실험을 해보기는 했는데……."

"그런데?"

"하나만 먹어도 모두 죽었소. 한마디로 이건 기적이오. 오대극독을 모조리 먹고도 한 줌 독액으로 변하지 않고 이렇게 멀쩡하게 말하고 있다니."

"조금 남았는데 너도 먹어볼래?"

"자결하겠소."

농담이 아니었다. 전혁성은 정말 망설이지 않고 혀를 깨물었다.

그리고 신경이 마비된 듯 눈꺼풀도 뜻대로 움직이지 않아 두 눈을 감지도 못하고 그 일련의 광경을 모두 확인한 사무진이 슬픈 표정으로 말했다.

"아무래도 죽겠죠?"

"아마."

"만약에 운이 좋아 살아남으면 용서하지 않을 거예요."

그 말을 끝으로 사무진이 혼절했다.

그리고 두 눈을 뜬 채로 혼절해 버린 사무진을 바라보던 독마의 입가로 희미하게 웃음이 떠올랐다.

"그래, 다시 깨어났을 때는 충실한 수하가 되어주도록 하마."

더 이상 고통을 느끼지 않도록 손을 들어 사무진의 수혈을 짚은 뒤 몸을 일으킨 독마는 뇌마를 향해 고개를 끄덕였다.

"멍청한 것은 여전하군."

"원래 똑똑한 놈은 아니었잖습니까?"

"그건 그랬지. 그래도 제 몸이 망가지는 것도 전혀 눈치채지 못할 정도라고는 생각지 못했어."

"제 놈은 절대 아니라고 하지만 운이 좋은 녀석입니다. 마침 흑독문주가 이곳에 있었으니까요."

대화를 나누던 뇌마와 독마가 마주 보며 웃음을 지었다.

그리고 그들의 시선이 사무진에게로 향했다.

"용케 견디고 있군."

"잊으셨습니까?"

"뭘?"

"혈마옥에서 삼 년간 우리에게 시달리면서도 꿋꿋이 버텨 낸 녀석입니다. 죽을 운명이었으면 이미 그때 죽었을 겁니다."

"곧 일어나겠지?"

"저래 봬도 만독불침이니까요. 그리고 다시 정신을 차렸을 때는 극마 단계에 달해 있을 겁니다."

"그럼 녀석이 잠든 사이에 일을 마치는 것만 남았군."

고무공처럼 몸이 퉁퉁 부은 채로 잠들어 있는 사무진을 바라보던 독마의 안색이 어둡게 변했다.

흑독문이 자랑하는 오대극독이라 하더라도 이미 만독불침의 경지에 이른 사무진을 어찌할 수는 없었다.

오히려 도움이 될 것이었다.

만독불침의 경지에 이른 사무진의 신체는 의지와 상관없

이 스스로 작용하여 지독한 독기를 진기로 쌓아낼 터였다.

그리고 독마가 오대극독을 먹여 사무진을 혼절케 한 결정적인 이유 중 하나는 지금부터 천중악을 상대하는 모습을 보여주고 싶지 않았기 때문이었다.

뇌마와 독마가 다가오는 것을 확인하고 뭔가를 느꼈을까.

뒷짐을 진 채로 허공을 응시하고 있던 천중악이 희미한 웃음을 지었다.

"마지막이구려."

"어차피 매듭을 지어야 할 문제라면 오래 끌 필요가 없다는 생각이 드는구려."

뇌마의 대답을 듣고서 천중악의 입가에 떠올라 있던 미소가 짙어졌다.

그리고 왠지 공허하게 느껴지던 그의 시선이 초점을 찾았다.

"천마유심신공은 무서운 무공이오."

"알고 있소."

천마유심신공은 마교의 교주에게만 전해지는 무공.

그 위력이 어느 정도인지 짐작하지 못할 뇌마와 독마가 아니었다.

하지만 두려움은 없었다.

그리고 일신의 안위를 도모해 피하지도 않았다.

아까도 얘기했듯이 명분이 있는 싸움을 피하는 것은 마교의 인물이 할 행동이 아니었으니까.

"이미 죽음을 각오했소."

"……?"

"우리가 당신과 싸우다 죽는다면 다음은 아우들이 당신을 상대할 것이오. 교주님을 위해 목숨을 버리는 것은 마교도의 당연한 의무이니까."

천중악의 눈빛이 흔들렸다.

그가 버린 인물들.

그들이 적이 되어 돌아와 있었다.

그리고 이제는 스스로 선택했던 악수에 대한 대가를 치를 때였다.

"나는 강하오."

"인정하고 있소."

"내가 아는 마교의 근간은 약육강식. 이 강호에서 어느 마교가 사라지게 될지 두고 봅시다."

천중악의 얼굴 위로 왠지 씁쓸하게 느껴지는 웃음이 스치고 지나갔지만, 뇌마와 독마는 그것을 보지 못했다.

말을 마치기 무섭게 천중악의 공격이 들이닥쳤기 때문이었다.

"천마강막(天魔剛幕)!"

나직하게 내뱉는 한마디.

그와 함께 뇌마와 독마의 앞으로 강기의 막이 밀려왔다.

천망회회 소이불실(天網恢恢 疎而不失).

얼핏 보기에는 그리 촘촘해 보이지 않는 강기의 막이었다.

무척이나 성긴 듯 보이는 강기의 막이었지만 막상 피하려 하니 마땅히 피할 곳이 보이지 않았다.

그것을 느낀 뇌마와 독마가 시선을 부딪쳤다.

그와 동시에 한 점을 노리고 장력을 펼쳤다.

우릉.

우르릉.

뇌마와 독마가 펼친 장력이 다가오고 있던 강기의 막과 부딪치며 뇌성이 치는 듯한 폭음이 터져 나왔다.

그와 동시에 천중악의 안색이 살짝 창백하게 변하며, 성기디성긴 강기의 막이 뚫리며 공간이 생겼다.

하지만 뇌마와 독마가 동시에 피할 수 있을 정도로 넓은 공간은 아니었다.

서걱.

서걱.

작은 공간으로 몸을 밀어 넣었던 뇌마와 독마의 어깨 부근의 살점이 거의 동시에 잘려 나가며 붉은 피가 솟구쳤다.

그러나 아직 끝이 아니었다.

천마강편.

강기의 막이 사라진 대신 형체가 없는 강기의 채찍이 날아왔다.

슈아악.

강물 위를 유영하는 물뱀처럼 부드러운 호선을 그리며 순식간에 파고든 강기의 채찍이 뇌마와 독마의 머리를 노렸다.

형체가 없기에 오로지 소리를 듣고 감각만으로 피해내야 했다.

머리를 숙여 간발의 차로 피해낸 강기의 채찍은 뇌마와 독마의 뒤에 있던 수백 년이나 된 아름드리 고송의 거대한 둥치를 반으로 갈라 버리고서야 소멸되었다.

예상했던 것보다 훨씬 더 대단한 위력을 보이는 천마유심신공을 확인한 뇌마의 얼굴이 굳어졌다.

"아쉽구려."

"……?"

"그만한 무공을 가지고 있음에도 불구하고 그런 선택을 내렸다는 것이."

탄식처럼 내뱉은 뇌마의 한마디를 듣고서 뭔가 변명을 하기 위해 입술을 달싹이던 천중악은 그냥 입을 다물었다.

그리고 다시 펼쳐지는 공격.

이번 공격은 지금까지와 달랐다.

강기가 아니라 두 가닥의 장력이 밀려왔다.

우르릉.

뇌성 소리와 함께 밀려드는 두 가닥의 장력을 확인한 뇌마와 독마가 지지 않고 마주 일장을 떨쳤다.

펑.

퍼엉.

장력과 장력이 부딪치며 만들어진 거대한 폭음.

뇌마와 독마는 그 후 약속이라도 한 듯 한 걸음씩 뒤로 물러났지만 천중악은 무표정한 얼굴을 살짝 찌푸렸을 뿐 한 걸음도 물러나지 않았다.

천마의 무공인 천마유심신공!

이 한 번의 공방으로 실력의 격차는 확연히 드러났다.

그리고 뇌마와 독마가 주름진 입가를 타고 흘러내리고 있는 선혈을 닦아내기도 전에 다시 한 번 강기의 막이 두 사람의 앞으로 다가왔다.

잠시 숨을 돌릴 틈도 없이 이어지는 공격이었다.

내상을 다스릴 여유 따위가 있을 리가 없었다.

무리하게 공력을 끌어올려 다시 한 점을 향해 장력을 날린 뇌마와 독마의 안색이 밀랍인형처럼 창백하게 변했다.

그나마 다행인 것은 장력이 부딪친 탓에 강기의 막에 몸을 피할 수 있을 정도의 자그마한 공간이 생겼다는 것이었다.

이번에도 가까스로 피해낸 뇌마와 독마의 표정이 굳어졌다.

이미 내상을 입은 채로 무리하게 진기를 끌어올리느라 한줌의 여유도 없는 뇌마와 독마와 달리 천중악은 아직 여유가 흘렀다.

"그래도 천마의 무공인가?"

탄식처럼 한마디를 흘리고 있던 뇌마의 눈빛이 흔들렸다.

"그렇소. 이게 천마의 무공이오."

지금까지 공방을 펼치는 동안, 원래 서 있던 자리에서 단 한 걸음도 떼지 않았던 천중악이 신법을 펼쳐 다가오고 있었다.

"당신들도 세월의 흐름은 거스를 수 없는가 보구려. 예전에 비해서 오히려 더 약해진 것 같으니."

천중악이 내뱉은 말은 뇌마와 독마의 자존심을 상하게 만들었지만 대꾸할 여유가 없었다.

"이제 그만 끝내도록 합시다!"

천중악이 자신있게 소리치며 장력을 뿜어냈다.

뇌마와 독마를 향해 거의 동시에 다가오고 있는 두 줄기의 장력.

섬전처럼 빠르지는 않았지만, 천중악이 신법을 펼쳐 다가

오며 거리를 좁혔기에 피할 여유는 없었다.

마주 장력을 발출해 부딪치는 것 외엔 선택의 여지가 없었다.

뇌마와 독마가 진기를 쥐어짜 내며 일장을 휘둘렀다.

퍼엉.

퍼엉.

그리고 장력을 휘둘렀던 뇌마와 독마의 눈빛이 동시에 흔들렸다.

마지막을 직감하고 펼친 공격이었다.

그래서 단전을 채우고 있던 한 줌의 진기까지 모두 짜내서 전력을 다해 휘두른 장력이었는데, 상황은 예상과 전혀 다르게 흘러갔다.

충격이 없었다.

엄청난 내력이 실린 채 해일처럼 밀려오고 있던 천중악의 장력이 일순 산들바람처럼 형체도 없이 사라졌다.

그리고 뇌마와 독마가 펼쳐 냈던 장력은 아무런 저항도 없이 파고들어서 천중악의 가슴에 적중했다.

"쿨럭쿨럭."

장력에 적중당한 천중악의 입에서 피화살이 뿜어져 나왔다.

그리고 그의 신형은 무려 삼 장이나 날아간 후에야 바닥으로 떨어졌다.

바닥에 떨어지자마자 천중악은 밭은기침을 뱉어냈다.

그때마다 한 움큼씩 바닥에 토해지는 검게 죽은 선혈.

그 선혈 사이에는 잘게 부서진 내장 조각까지 섞여 있었다.

"이게 무슨 짓이오?"

예상치 못한 상황에 대경실색한 채 서둘러 천중악을 향해 달려간 뇌마와 독마가 눈살을 찌푸렸다.

죽음을 각오하고 장력을 뻗어내던 순간, 천중악의 얼굴에 떠올라 있던 웃음이 자꾸만 떠올랐다.

한없이 쓸쓸해 보이던 웃음.

그 웃음을 남긴 채, 천중악은 스스로 장력을 거두었다.

그리고 뇌마와 독마의 장력에 적중당하는 순간, 호신강기 조차 거두어들였다.

결국 이런 결과를 만들어낸 것은 천중악의 의지였다.

"왜 그랬소?"

"……."

"왜 스스로 죽으려고 한 것이오?"

"약육… 강식."

천중악이 힘겹게 입을 열어 대답했다.

하지만 분명히 지금 상황에 어울리는 대답은 아니었다.

이 대결의 승부는 이미 난 상황이라 해도 과언이 아니었다.

무조건 천중악의 승리.

만약 그가 마지막 순간, 스스로 장력을 거두지 않았다면 지금 바닥에 쓰러진 채 사경을 헤매는 것은 뇌마와 독마였을 터였다.

그것을 알기에 뇌마가 왜 그런 결정을 내렸느냐는 의아한 표정을 지었지만 천중악은 희미하게 고개를 흔들었다.

"아무도… 없구려."

"……?"

"지금… 내 곁에는."

"……."

"혼자서… 모두를 상대할 수는 없소."

그리고 의아한 표정을 짓고 있던 뇌마는 천중악이 다시 꺼낸 한마디를 듣고서 표정을 굳혔다.

천중악의 말이 옳았다.

어느덧 거의 정리가 되어가고 있는 장내에서 사경을 헤매고 있는 천중악의 곁을 지키고 있는 이는 아무도 없었다.

그래서 지금 그의 모습은 더 쓸쓸하기만 했다.

"이제… 이 강호에는 하나의 마교만이 남았소."

"그렇구려."

"마지막에… 공격을 거두었던 것은 마음속에 담아두지 마시오. 바보 같은 결정을 내렸던 것에 대한 대가를 치른 것이라고 생각하오."

"그만하시오."

뇌마가 말렸지만 천중악은 말을 멈추지 않았다.

"하나 남은 마교가 더 약해져서는… 안 된다 생각했소."

"그만하라니까!"

뇌마가 결국 참지 못하고 소리를 지르고서야 천중악이 입을 다물었다.

그리고 안타까운 마음을 견디지 못하고 뇌마가 질문을 던졌다.

"왜 그렇게 고집을 부렸소?"

천중악의 입가로 희미한 웃음이 스치고 지나갔다.

"그것도 나의… 선택… 후회는 없소."

"진심이오?"

"……."

"정녕 진심이오?"

"후회… 하오."

생기가 사라져 가고 있는 천중악의 두 눈을 마주한 채 두 번씩이나 확인하고 나서야, 고뇌에 찬 눈빛으로 애써 감춰왔던 진심을 털어놓았다.

한때는 곁에 서서 같은 곳을 바라보았던 사람.

하지만 이제는 다른 곳을 바라보며 칼끝을 겨누던 천중악의 앞에 서 있는 뇌마는 마음이 무거워졌다.

천중악은 대가를 치른 것이었다.

잘못된 선택을 했던 것에 대한.

그러나 그 책임을 모두 그에게 떠넘길 수 있을까.

지금 초라한 모습으로 죽음을 기다리고 있는 것을 바라보다 보니 과연 그게 천중악만의 잘못이었을까 하는 생각이 문득 들었다.

당시의 천중악이 왜 그런 선택을 했는지를 떠올리자 자신의 책임도 분명히 어느 정도는 있다는 생각이 들었다.

어두운 뇌마의 표정을 확인하고 뭔가를 느꼈을까.

고통으로 인해 얼굴을 찡그리고 있던 천중악이 입매를 말아올렸다.

그렇게 억지 웃음을 지은 채 입을 뗐다.

"하지만… 이제 와서 달라질 것은 없소."

"……"

무슨 말을 할까.

마땅히 할 말을 찾지 못해 침묵하고 있는 뇌마에게 힘겹게 이어지는 천중악의 이야기가 들렸다.

"마지막으로 변명… 하나만 하겠소."

"말하시오."

"아까… 아쉽다고 했던 것을 기억하시오?"

뇌마가 힘껏 고개를 끄덕였다.

삼십 년 전의 일들도 생생하게 기억하는 그인데, 불과 조금 전에 자신의 입으로 내뱉었던 말을 기억하지 못할까.

"아직 치매에 걸리지는 않았다오."

"하핫… 쿨럭."

웃는 것조차 힘겨운 듯 기침을 토해내던 천중악은 또 한 번 검게 죽은 선혈을 한 움큼 뱉어냈다.

그리고 그런 천중악을 바라보던 뇌마가 쓴웃음을 지었다.

안타까웠다.

정녕 안타까웠다.

이렇게 웃을 수 있는데, 지금처럼 농담을 주고받으며, 서로를 바라보며 웃을 수도 있었던 사이였다.

누구의 잘못이었을까.

어디서부터 잘못된 것이었을까.

천중악은 자신이 가진 것을 단 하나도 놓치고 싶어하지 않았을 정도로 욕심이 많았던 사람이었다.

하지만 이 모든 것이 천중악의 욕심 때문이라고는 할 수 없다는 생각이 들었다.

다시 한 번 자신에게도 책임이 있다는 생각이 들어 마음이 무거워졌다.

서서히 생기가 사라져 가는 천중악의 두 눈을 바라보다 보니 뇌마의 마음은 허전해졌다.

"나라고 해보지 않았겠소?"

"……."

"그렇지만 천마유심신공으로도 결국 사도맹주를 당할 수는 없었소."

"……."

"그는 진정 무서운 인물이오."

"명심하겠소."

죽음 직전에 반짝하고 피어오르는 회광반조(回光返照).

흐릿해지던 천중악의 눈동자가 강렬한 안광을 뿜어내기 시작했다.

"이제 이 강호에는 저자의 마교만이 남았구려. 부디 나처럼 어리석은 선택을 내리지 않도록 곁에서 도와주시오."

"……."

"그리고 이제 와 생각해 보니… 정정당당한 마교도 괜찮을 것… 같소."

희미한 웃음을 머금은 채 천중악이 눈을 감았다.

간신히 붙잡고 있던 마지막 생명의 불꽃마저 사라진 그를 내려다보던 뇌마는 한참 만에야 몸을 일으켰다.

"걱정하지 말고 편히 눈을 감으시오."

"……"

"두 번씩이나 실수를 할 정도로 어리석지는 않으니까."

주름진 뺨을 타고 한줄기 눈물이 흘러내렸다.

쿵.

바닥 깊숙이 파고든 장검에 의지한 채, 간신히 버티고 서 있던 하원효가 결국 썩은 짚단처럼 허망하게 쓰러졌다.

오랜 수련 덕분일까.

나이에 어울리지 않게 탄탄하고 유연한 신체를 소유하고 있던 하원효였지만, 바닥에 쓰러진 지금 그의 신형은 통나무처럼 뻣뻣하게 굳어 있었다.

"독에 당했군!"

사도맹 서열 사위에 올라 있다는 말은 현 강호 전체를 아우른다 하더라도 열 손가락 안에 꼽히는 고수라는 뜻이었다.

그래서 결코 쉽게 쓰러지지 않을 것이라 믿었던 하원효는 차가운 시체로 변해 바닥에 쓰러졌다.

그뿐이 아니었다.

현극무존 전격의 모습은 하원효보다 더 처참했다.

양팔이 모두 잘려 나가고, 한쪽 다리도 무릎 아래가 잘려 나간 채 시체가 되어 있는 처참한 모습은 과연 전격이 맞는가 하는 의문마저 들 정도였다.

눈으로 직접 보고 있지만 믿기지 않는 광경.

하지만 엄연히 현실이었다.

외면한다고 해서 상황이 바뀌지는 않는다는 것을 호중천은 알았다.

그리고 곧 자신 앞으로 닥칠 위험을 가만히 바라볼 정도로 멍청하지도 않았다.

재빨리 장내의 상황을 파악한 호중천이 서옥령의 곁으로 다가갔다.

땀에 젖어 딱 몸에 붙은 무복조차도 그녀의 아름다움을 가리지는 못했다.

오히려 완벽한 그녀의 몸매를 돋보이게 만들고 있었다.

"하아. 하아."

가쁜 숨을 몰아쉬고 있는 그녀의 곁으로 다가간 호중천이 놀란 표정을 짓고 있는 그녀의 앞으로 손을 내밀었다.

"함께 가겠소?"

"당신!"

앞으로 내밀어진 호중천의 손을 무시하며 서옥령이 차가운 음성을 토해냈다.

하지만 호중천은 매섭게 바라보고 있는 서옥령의 시선을 마주했음에도 불구하고, 전혀 주눅들지 않았다.

"조금 전에도 말했지만 당신은 결국 내 여자가 될 것이오."

"헛소리!"

"진정 그렇게 생각하시오?"

"그야 당연히……."

"터무니없는 말이 아니오."

"……?"

"당신은 결국 내 여자가 될 수밖에 없는 운명이오."

호중천이 웃음을 지었다.

그리고 한 걸음 다가가자 서옥령이 화들짝 놀라 뒤로 물러났지만, 호중천은 조금도 서둘지 않았다.

"말도 안 되는 소리는 그만두고 어서 검을 들어요."

챠릉.

서옥령이 진기를 주입하자 흐물흐물 늘어져 있던 연검이 빳빳하게 변했다.

그리고 자신을 향해 있는 연검을 웃으며 바라보던 호중천은 다시 한 걸음 그녀의 앞으로 다가갔다.

"더 다가오면 베겠어요."

"그러시오."

"정말 베겠어요."

"그러라고 했잖소."

저벅.

망설이지 않고 호중천이 다시 한 걸음을 옮기자 입술을 지그시 깨물며 서옥령이 연검을 휘둘렀다.

쐐애액.

날카로운 파공음과 함께 쏘아지는 연검의 검극.

독이 잔뜩 오른 살무사의 독아처럼 서옥령이 휘두른 검극은 호중천의 심장을 노리고 매섭게 파고들었다.

일말의 망설임도 없이 파고드는 검극에 실린 기세는 호중천을 일순 흠칫하게 만들었지만, 그게 전부였다.

허리에 걸린 검을 빼 들지도 않았고, 신법을 펼쳐 피하지도 않았다.

호중천은 자신의 심장을 노리고 다가오고 있는 검극에는 시선조차 주지 않았다.

그는 입술을 깨문 채로 연검을 휘두르고 있는 서옥령의 두 눈만을 지그시 응시하고 있을 뿐이었다.

푹.

연검의 검극이 파고들었다.

불에 덴 듯한 뜨거움과 함께 지독한 통증이 밀려들었다.

어느새 흘러나온 붉은 선혈이 무복을 적셨다.

하지만 호중천은 웃었다.

낯빛이 창백하게 변한 서옥령의 두 눈을 응시한 채 대소를 터뜨렸다.

"아프구려."

"……."

"마지막 순간에 검의 방향을 바꾼 이유. 당신도 나를 마음에 두고 있다는 것으로 생각하겠소."

호중천의 심장을 꿰뚫을 기세로 파고들던 서옥령의 연검은 마지막 순간, 급히 방향을 틀었다. 심장 대신 어깨를 파고든 검극.

호중천이 천천히 손을 들어 올려 어깨에 틀어박혀 있는 연검의 검신을 움켜쥐었다.

챙강.

서옥령의 진기가 흐트러지며 다시 흐물흐물하게 변해 있는 검신을 가볍게 부러뜨린 호중천이 다시 그녀의 곁으로 다가갔다.

바르르 신형을 떨고 있지만 뒤로 물러나지 않고 있는 서옥령의 코앞으로 다가간 호중천이 고개를 앞으로 내밀었다.

"당신은 강호를 갖게 될 것이오."

"……."

"나와 함께한다면."

땀 냄새와 방향이 섞인 냄새.

하지만 그 내음조차도 향기로웠다.

자신의 속삭임을 듣고서 놀라서일까. 비에 젖은 참새처럼 바르르 떨고 있는 서옥령의 모습은 충분히 자극적이었다.

그래서 안고 싶었다.

아랫배에서 시작된 꿈틀대는 욕정.

당장 그녀를 안고 싶은 욕구를 호중천은 간신히 참았다.

지금 이 순간 피어오른 욕정에 눈이 멀어서 목숨을 내던질 정도로 호중천이 어리석지는 않았다.

"퇴각한다!"

짤막한 한마디를 남긴 채 호중천이 신형을 날렸다.

그의 퇴각 명령을 듣고 장내를 벗어나고 있는 인원은 처음 이끌고 왔던 수의 절반에도 미치지 않았지만 상관없었다.

어차피 이들은 소모품일 뿐이었다.

그리고 그를 대신해 죽어줄 놈들은 사도맹 내에 지천으로 깔려 있었다.

그가 아쉬운 건 서옥령을 두고 떠나야 한다는 것뿐이었다.

[조금만 기다리시오. 다음에는 함께 돌아갈 수 있을 것이오. 그리고 아버님께 안부 전해주시오.]

전음을 듣고 충격을 받아서일까.

마성장을 벗어나기 전 마지막으로 돌아보았을 때, 멍하니 서 있는 모습조차도 서옥령은 아름다웠다.

第四章
협상

荷蒸乳蒸煎棄陽細腸其福佑苹于王

至大改元四月佛浴遍音廣為傳行世

日弟于趙孟順敬書長歷前序

老君演此真妙經竟

"교주님께서는 왜 깨어나지 않으시는가?"

"쉽게 일어나기는 어려울 겁니다."

"혹시 이러다 돌아가시는 것이 아닌가?"

"천마불사라면서요?"

"그건 하는 소리지."

"그럼 그렇게 외치지를 말던가."

홍연민이 퉁명스레 한마디를 꺼냈다.

그리고 평소라면 이미 발작하고도 남았을 심 노인은 상황이 상황이라서 그런지 조용히 넘어갔다.

"그보다 조금 전에 교주님께서 드신 독이 그렇게 무서운 것들인가?"

"흑독문의 오대극독이라면 유명하지요."

"그런가?"

"제가 알고 있는 바로는 오대극독 중 어느 하나에만 중독 되어도 무조건 죽는다고 했습니다. 그런데 교주님께서는 그 오대극독을 모두 드셨습니다. 이대로 깨어나지 못할 가능성 도 충분합니다."

"설마 그럴 리가? 만약 그런 일이 벌어진다면 어찌한단 말 인가?"

"다시 깨어난다면 좋겠지만 설령 깨어나지 못할 경우도 대 비해야겠지요."

"자네는 어찌 그리 냉정할 수 있나?"

"군사니까요."

"……?"

"군사라면 최악의 상황에도 대비해야지요."

"대비라면?"

"아직 제대로 자리도 잡지 못한 마교의 교주 자리를 공석 으로 비워둘 수는 없지 않겠습니까?"

"그야 그렇지만 마땅한 대안이 없지 않은가?"

"있습니다."

"뭔가?"

"우선은 장로이신 심 장로님께서 마교를 맡아주셔야지요."

"내가?"

"말이야 바른 말이지 심 장로님만큼 마교를 사랑하시는 분
이 어디 있습니까? 게다가 능력도 출중하시지 않습니까?"

"흠, 흐음. 사실 내가 능력이 좀 출중하긴 하지."

"그래서 드리는 말씀입니다."

"그래도……."

"사양하지 마십시오."

"그럼 그럴까?"

뱃속이 더부룩했다.

마치 상한 만두를 먹고 체한 것처럼.

그나마 정신을 잃기 전에 금방이라도 폭발할 것처럼 부글
거리던 것보다는 한층 나아졌다는 것이 다행이었다.

'이건 일인분이다' 라고 말하던 독마 노인의 밉살맞은 얼
굴을 마지막으로 정신을 살짝 놓았던 기억이 났다.

그래도 다시 정신을 차린 것을 보니 독마 노인의 말처럼 운
이 좋아서 용케 죽지는 않은 듯 보였다.

정신을 놓고 시간이 얼마나 흘렀을까.

궁금한 마음에 눈을 뜨려던 사무진의 귀에 소곤소곤 속삭

이고 있는 심 노인과 홍연민의 대화 소리가 들려온 것은 그때였다.

"안 죽어서 미안해요."

그리고 아주 흡족한 표정으로 '그럼 그럴까'라며 웃고 있는 심 노인을 향해 사무진이 입을 뗐다.

"교주님!"

"교주 자리가 그렇게 탐났어요?"

"그게 무슨 천부당만부당(千不當萬不當)한 말씀이십니까? 다만 저는 마교를 걱정하는 마음에⋯⋯."

"다 들었거든요."

"믿어주십시오. 모두 오해입니다."

"오해는 얼어죽을. 기억해 두겠어요"

"죄송합니다. 그보다 몸은 괜찮으십니까? 흑독문의 오대극독이 그렇게 무서운 독이라고 하던데."

"쉽게 죽지도 않네요."

사무진이 힘없이 말했다.

그러자 심 노인도 심각한 표정으로 질문했다.

"혹시 저놈이 가짜를 내놓은 것이 아닐까요?"

"왜요? 내가 안 죽어서 아쉬운가 보죠?"

매서운 사무진의 눈초리를 받은 심 노인이 화들짝 놀라 고개를 숙였다.

그런 심 노인을 노려보던 사무진이 고개를 돌려 홍연민을 향해 시선을 던졌다.

"아까 한 말 진심이었어요?"

"어떤 것을 말하는 것인가?"

"심 노인에게 마교를 맡기려고 했잖아요."

"그런 최악의 선택을 할 리가 있나?"

"그럼 왜 그랬어요?"

"심 장로의 야심을 확인하기 위해 한 번 꺼내본 말이었네."

홍연민의 대답을 듣자마자 심 노인이 고개를 번쩍 들었다.

"네놈이 그럴 수가 있단 말이냐?"

심 노인은 당장에라도 달려들 기세였지만 홍연민은 아무것도 느끼지 못하는 사람처럼 그의 시선을 외면했다.

"생각보다 야심이 크시더군. 그나저나 몸은 괜찮은 것 같군."

정신을 놓기 전까지만 해도 금방이라도 터질 것처럼 부풀어올랐던 배도 다시 정상으로 돌아와 있었다.

뱃속이 조금 더부룩한 것은 남아 있었지만, 배가 가라앉은 것만 해도 어디인가.

더구나 신기한 것은, 내력을 운기할 틈도 없이 연거푸 싸움을 하느라 바닥을 드러냈던 내력이 오히려 충만해진 느낌이었다.

"상황은 어때요?"

"대충 정리되고 있네."

홍연민의 대답을 들으며 주위를 둘러보던 사무진이 고개를 끄덕였다.

장내의 싸움은 어느새 멈춰 있었다.

그리고 희대의 살인마들은 별 상처도 없는 멀쩡한 모습으로 무림맹주인 유정생의 근처에 모여 있었다.

"뭐 하는 거예요?"

"고민하고 계시겠지."

"고민요?"

"쉽게 찾아오지 않는 기회니까."

홍연민은 단정하듯 대답했지만 사무진은 잘 이해가 가지 않았다.

그리고 그것을 깨달은 듯 홍연민이 설명을 덧붙였다.

"이곳에 모인 정파의 무인들은 아직 산공독에 중독된 상태일세. 게다가 여기 모인 이들은 각 문파의 장문인이나 장로급의 인물들이 대부분이지. 자네도 생각해 보게. 만약 이들이 여기서 모두 죽는다면 어떻게 될까? 무림맹을 비롯한 정파무림이 큰 타격을 입는 것은 당연하고 아마 큰 혼란을 겪을 걸세."

"그건 그런데……."

"자네는 항상 이 사실을 망각하는 것 같지만 마교와 무림맹의 사이가 좋았던 적은 단 한 번도 없었네."

"……."

"만약 나라면… 이들을 모두 죽일 걸세."

"왜요?"

"무림맹을 위시한 정파무림의 힘이 약해진다면 우리 마교가 성장하는 데 있어서 커다란 걸림돌이 사라지는 셈이니까."

"그런가요?"

"하지만 선택은 자네의 몫이네. 자네가 마교의 교주니까."

홍연민의 목소리는 드물게 진중했다.

그래서 사무진도 지금 자신이 내릴 결정이 얼마나 중요한지를 느낄 수 있었다.

"어떤 결정을 내릴 텐가?"

"고민 중이에요. 하지만 지금 상황은 그보다 더 우선적으로 해결해야 할 급한 문제가 있어요."

"문제?"

"마교 내부의 문제죠."

이해할 수 없다는 표정을 짓고 있는 홍연민에게 대답하지 않고 사무진은 자그마한 목소리로 혼잣말을 중얼거렸다.

"계속 이렇게 당하면서 살 수는 없어요."

"너 안 죽었냐?"

사무진이 다가가자 가장 먼저 반긴 것은 독마 노인이었다.

뭐가 그리 좋은지 히죽 웃고 있는 독마 노인의 밉살맞은 얼굴을 노려보면서 사무진이 대꾸했다.

"잘 안 죽네요."

"운은 좋은 놈이로구나."

"그러게요. 운은 좋네요."

그 대꾸를 꺼내며 사무진이 눈을 가늘게 뜨고 째려보자 독마 노인이 금세 인상을 썼다.

"너 지금 째려보냐?"

"그럴 리가요. 이건 아무래도 오대극독을 마신 부작용인가 봐요."

"부작용?"

"사시가 된 것 같거든요. 눈알이 내 뜻대로 움직이지 않아요."

한마디를 쏘아붙인 사무진이 독마 노인의 대답을 기다리지도 않고 유정생에게 시선을 던졌다.

"지금 뭐 해요?"

"협상하고 있네."

"누구하고요?"

"여기 있는 마교의 장로들과 협상을 하고 있네."

"고생 좀 했겠네요. 전혀 말이 통하지 않는 노인들이거든요."

사무진의 말이 끝나자 희대의 살인마들이 일제히 살기를 뿜어냈다.

하지만 억지로 오대극독을 들이켠 후 빈정이 상할 대로 상해 있는 사무진은 그 살기를 가볍게 무시했다.

"왜요?"

"아무래도 오대극독을 마신 부작용이 생각보다 심한 것 같구나. 머리도 이상해진 것 같은데."

"이제야 정신이 든 거죠."

"……?"

"흐트러진 마교의 기강을 바로잡아야겠어요."

희대의 살인마들의 시선을 피하지 않은 채 사무진이 단호하게 말했다.

"호오?"

"그래?"

그 말에 대한 반응은 금세 돌아왔다.

색마 노인과 유령신마 노인이 시큰둥한 표정을 짓고 있었다.

그리고 당장에라도 손을 쓸 기세였지만, 사무진도 여기서 겁을 먹고 포기할 생각이었다면 시작도 하지 않았을 터였다.

"만인지상인 교주의 권위를 되찾겠어요."

배에 잔뜩 힘을 주고 다시 한마디를 던지자 색마 노인과 유령신마 노인의 입가에 떠오른 미소가 짙어졌다.

음충맞기 그지없는 미소.

그 미소를 확인하고 긴장하고 있던 사무진은 뇌마 노인이 꺼낸 의외의 이야기를 듣고서 고개를 갸웃했다.

"교주의 권위를 무시하는 자는 마교도가 아니지."

"응?"

"앞으로 그런 자가 있다면 내가 먼저 나서서 처단하도록 하지."

뇌마 노인이 꺼낸 말은 분명히 의외였다.

코웃음을 치며 '죽을래?'라는 말을 던질 것이라 예상했는데.

맞아죽는 한이 있더라도 물러서지 않으려던 사무진이 고개를 좌로 기울였다.

아무래도 미심쩍었다.

그리고 뭔가 꿍꿍이가 있다는 생각부터 들었다.

"진심이에요?"

"물론이다."

"갑자기 왜 이래요?"

불안했다. 그래서 슬그머니 뒤로 한 걸음 물러나며 사무진
이 질문을 던졌지만, 예상과 달리 뇌마 노인은 진중한 표정이
었다.

"실수는 한 번으로 족하니까."

이건 또 무슨 뜻일까.

사무진이 의아한 표정을 지었지만 뇌마 노인은 더 이상 설
명해 주지 않았다.

그리고 그것을 확인한 사무진이 고개를 갸웃했다.

"나중에 말 바꾸기 없기예요."

"속고만 살았느냐?"

"알면서."

"……?"

"혈마옥에 갇혀 있을 때 만날 속았잖아요."

퉁명스레 한마디를 던지고 고개를 돌린 사무진이 히죽 웃
었다.

여전히 뭔가 미심쩍은 기분은 남아 있었지만, 일단 기분은
좋았다.

"그럼 내 결정에 따르는 거죠?"

"물론이다."

"좋아요."

다시 한 번 확답을 받은 사무진이 유정생에게 시선을 던졌다.

"그래, 무엇에 대해서 협상을 했어요?"

"자네도 알다시피 우리는 현재 산공독에 중독된 상황이네. 그래서 이곳에 있는 정파무인들의 안위에 대해 협상했네."

"조건은 뭔가요?"

"내… 목숨이네."

"……?"

"비록 많이 부족하지만 나는 무림맹의 맹주라는 직책을 맡고 있네. 나 하나의 희생으로 이들을 살릴 수 있다면 기꺼이 희생해야겠지."

유정생이 담담한 목소리로 대꾸했다.

"맹주!"

"맹주님!"

"맹주님, 그게 무슨 말씀입니까?"

"절대 안 되는 일입니다."

그리고 유정생의 말이 끝나자마자 곳곳에서 앞다퉈 격렬한 감정이 실린 외침이 터져 나왔다.

그런 그들의 얼굴에 떠올라 있는 것은 자신들을 살리기 위해서 본인을 희생하려 하는 유정생에 대한 감동이었다.

하지만 사무진은 놓치지 않았다.

그 말을 꺼내던 유정생이 살짝 얼굴을 찡그리던 것을.

게다가 지금 저런 말을 꺼내는 유정생의 모습은 지금까지 사무진이 알고 있던 모습과는 분명히 달랐다.

"왜 이래요?"

"무엇이 말인가?"

"평소하고 전혀 다르잖아요."

"이게 원래 내 모습이네."

"후회 안 할 거죠?"

"후회하지… 않네."

"나쁘지 않은 조건이네요."

사무진이 고개를 끄덕였다.

그리고 그런 그를 보던 유정생이 다시 눈살을 찌푸리며 자신의 뒤에 서 있던 허민규에게 귓속말을 건넸다.

"그럼 그렇게 하지……."

[잠시만 멈추게.]

더 기다리지 않고 사무진이 한마디를 덧붙이려는 순간, 귓가로 허민규가 날리는 다급한 전음성이 파고들었다.

그리고 모기가 앵앵거리는 것 같은 전음성을 듣자마자 사무진이 의미심장한 웃음을 지었다.

[맹주님께서 하실 말씀이 있다고 하시네. 아무런 대답도 하지 말고 자네도 전음을 통해 나에게 말하게.]

"나 그거 할 줄 모르는데요."

허민규는 전음을 통해 대화하기를 원했지만 아쉽게도 사무진은 전음을 어떻게 펼치는지 몰랐다.

그래서 솔직히 말하자마자 유정생과 허민규가 동시에 당혹스런 표정을 지었다.

전혀 예상치 못한 상황에 당황한 듯 머리를 긁적이던 유정생이 다시 허민규에게 뭔가를 귓속말로 속삭였다.

그리고 고개를 끄덕인 허민규가 입술을 웅얼거리며 전음을 날렸다.

[그럼 일단 듣기만 하게. 자네도 알다시피 맹주님께서 산공독에 중독되신 상황이라 전음을 펼칠 수 없으시네.]

"……?"

[그러니까 다시 말해서 지금 꺼내시는 말들은 마음에도 없는 말이니 곧이곧대로 믿지 말라고 전하시라는군.]

그 전음을 듣고서 사무진이 히죽 웃었다.

왠지 지금 유정생의 모습이 낯설다고 생각했었는데 역시 이유가 있었다.

"답답하겠네요."

[어허, 듣기만 하라고 하지 않았는가?]

"그게 잘 안 되네요."

머리를 긁적이는 사무진을 보며 유정생과 허민규가 다시

당혹스런 표정을 지었다.

다른 사람들은 듣지 못하는 전음성에 대해 사무진이 대답하는 것은 혼잣말을 하는 것이나 마찬가지였다.

벌써 장내에 인물들이 이상함을 느끼고 웅성거리는 것을 확인한 유정생이 마지못해 입을 뗐다.

"왜 그러나? 나 혼자만의 희생으로는 충분하지 않다는 말인가?"

그와 동시에 허민규의 전음도 날아들었다.

[사람들이 의심하니 대충 대답하는 척하며 내 이야기를 듣게. 자네도 알다시피 교주님께서는 마교에 대해서 호감을 가지고 계시네. 마교와 무림맹이 상생할 수 있는 건설적인 방향에 대해 심도 깊게 논의해 보자고 하시네.]

"충분하지 않아요."

처음에는 혼란스러웠지만 익숙해지자 적응이 되기 시작했다.

"그럼 자네가 원하는 것은 무엇인가?"

[물론 자네가 교주님의 말씀을 그다지 신뢰하지 않는다는 것쯤은 알고 있네. 하지만 이것이 좋은 계기가 될 수도 있지 않은가?]

"집이 좁아요."

"그게 무슨 말인가?"

[역시 자네는 말이 통하는군. 대천표국이 좁다는 뜻인가 본데 좀 더 넓은 장원을 원하는 건가?]

"아까 봤으니 알겠지만 마교의 인원이 갑자기 불어서 지금 있는 곳은 좀 비좁다는 느낌이 들어서요. 분타를 만들어야겠어요."

유정생이 당혹스런 표정을 지었다.

그리고 그런 그의 표정을 확인한 사무진이 시큰둥한 목소리로 대꾸했다.

"싫으면 말고요. 여기서 다 죽는 것도 나쁘지 않지요."

그 말을 듣고서 장내에 있던 정파무인들의 얼굴에 다급함이 떠올랐다.

그런 그들이 이제 유정생이 꺼낼 대답을 기다리며 시선을 모았다.

"난 무림맹의 맹주로서 자네의 제안을 받아들일 수 없네. 차라리 이곳에 있는 우리를 모두 죽이게."

그리고 마침내 흘러나온 대답을 듣고서 모두의 표정이 창백하게 질릴 때였다.

[마교의 분타를 낸다면 어디를 원하는가? 강력한 지지를 보내며 전폭적으로 지원하겠다고 하시는군.]

그들의 반응과는 상관없이 허민규는 전음으로 유정생의 진심을 전하고 있었다.

"호오. 그래요? 분타를 여러 곳에 만드는 것도 아니고 고작 두 군데 정도만 내겠다는 것도 허용하지 않는다니 어쩔 수 없네요. 나중에 죽고 나서 원망하지는 말아요. 결정을 한 것은 그쪽이니까."

"원망 따위는 하지 않을 것이네."

[교주님께서는 자네가 아주 마음에 든다고 하시네.]

유정생이 단호한 표정으로 대답했다.

그리고 그 대답을 듣고서 사무진이 고개를 끄덕일 때, 조용히 두 사람의 대화를 듣던 정파무인들이 술렁이기 시작했다.

조금 전까지만 해도 무림맹주인 유정생이 희생하는 선에서 끝날 듯 보였던 상황이 어느새 변해 있었다.

자신들의 목숨이 경각에 처하자 강 건너 불 구경을 하듯이 손을 놓고 있을 수 없었던 것이었다.

"맹주, 그게 무슨 말입니까?"

"아무리 맹주라 하더라도 이건 너무 독단적인 판단이 아니오. 우리의 의견도 들어봐야 하지 않겠소?"

조용히 대화를 듣던 이들 중에 가장 먼저 목소리를 높인 것은 오대세가 중 하나인 모용세가의 가주인 모용중현이었다.

그다음으로 불만을 표한 것은 최근 두각을 드러내며 그 위세가 날로 커지고 있는 칠현장의 장주인 풍천심이었다.

그리고 그들이 앞장서서 언성을 높이는 것을 확인한 유정생의 얼굴에 못마땅한 빛이 얼핏 스치고 지나갔다.

"그럼 다른 고견이 있소?"

유정생의 질문을 받은 모용중현과 풍천심이 고개를 끄덕이며 입을 뗐다.

"그야… 이제부터 생각해 보면 되는 것 아니겠소."

"서두른다고 해서 능사는 아니지요."

앞서거니 뒤서거니 하며 흘러나온 대답.

"그럼 어찌했으면 좋겠습니까?"

유정생이 살짝 눈살을 찌푸리며 말을 꺼내자 모용중현이 큼큼 하고 헛기침을 토해내며 입을 뗐다.

"너무 극단적인 선택을 내릴 필요는 없지 않겠소?"

"무슨 뜻이오?"

"강호는 넓다는 뜻입니다."

"강호는 넓다? 나는 우매하여 모용 가주의 말에 담긴 의미를 모르겠습니다. 좀 더 자세히 설명해 주시겠습니까?"

유정생의 말투에는 왠지 못마땅한 기색이 역력했다.

그래서 잠시 망설이던 모용중현이 어렵게 입을 뗐다.

"그러니까… 드넓은 강호에 마교의 분타가 두 곳 정도 생긴다 하더라고 큰 문제가 없을 듯하다는 뜻입니다."

"옳은 말씀입니다. 맹주께서는 감정에 치우쳐 너무 극단적이고 충동적으로 결단을 내리지 않으셨으면 합니다."

모용중현의 말이 끝나기 무섭게 풍천심이 동조했다.

하지만 유정생은 피식 하고 실소를 터뜨릴 뻔한 것을 간신히 참아냈다.

"그 말씀은 마교가 분타를 세우는 것을 인정하고 지원하자는 뜻입니까?"

"그렇소."

"어쩔 수 없는 상황이 아니오?"

다시 대답을 꺼내는 두 사람을 노려보던 유정생이 슬그머니 질문을 던졌다.

"그래요? 두 분의 뜻이 그렇다는 말이지요. 그럼 마교의 분타를 요녕성과 복건성에 세워도 괜찮겠습니까?"

"흐음… 그건……."

예상치 못한 질문이어서일까.

모용중현이 쉽게 대답하지 못하고 침음성을 터뜨렸다.

그리고 얼굴을 찡그린 채 풍천심도 못마땅한 표정을 지었다.

그런 그들을 바라보던 유정생이 결국 참지 못하고 실소를 터뜨렸다.

지금 두 사람은 강호는 넓다는 둥, 극단적인 선택을 내리지 말고 좀 더 유연하게 생각하라는 등의 번지르르한 말을 꺼내고 있었지만, 모두 이 상황을 어떻게 넘기기 위해 꺼낸 핑계일 뿐이었다.

모용세가가 자리를 잡고 있는 요녕성, 칠현문이 자리잡고 있는 복건성에 마교의 분타를 세운다고 말하자 난색을 표하는 것만 보아도 알 수 있었다.

그뿐이 아니었다.

유정생이 마교의 재건을 지지하는 선언과 함께, 마교와의 분쟁을 일절 금지한다는 엄명을 내렸을 때도 가장 크게 반발한 것이 모용세가와 칠현문이었다.

그때, 수많은 소문이 무림맹에 돌았었다.

하루가 멀다 하고 그 소문들은 부풀어갔다.

그리고 그것은 결국 유정생에 대한 음해로 발전했다.

'맹주가 노망이 났다' 라거나 '맹주가 마교의 교주에게서 엄청난 뒷돈을 받아먹었다' 는 등의 음해설들.

물론 유정생은 눈도 꿈쩍하지 않았지만 그렇다고 해서 아주 신경이 쓰이지 않았던 것은 아니었다.

그리고 맹 내의 정보 조직을 풀어서 은밀히 조사를 시킨 결과, 그 당시 음해설을 흘렸던 주모자도 바로 이들이었다.

한마디로 눈엣가시 같은 자들.

그래서 유정생은 독하게 마음을 먹었다.

"아쉬운 일이지만 시간을 두고 천천히 생각해 볼 정도로 우리에게 시간이 넉넉하지는 않은 듯 보이오. 하지만 두 분의 고견도 무시할 수는 없고…….”

잠시 고민하는 듯 눈을 감고 있던 유정생이 허민규와 귓속 말을 주고받은 뒤 마침내 결심한 듯 사무진에게 말했다.

“나는 마교의 분타를 인정할 수 없네.”

고집스런 표정을 지은 채 꺼낸 짤막한 한마디.

그 말을 듣고 모용중현과 풍천심의 얼굴이 창백하게 변할 때, 허민규의 다급한 전음도 사무진의 귓가로 파고들었다.

[요녕성과 복건성에 분타를 세우는 것에 지원을 아끼지 않 으신다는군. 하지만 맹주님께서도 자네에게 부탁이 있다고 하시네. 모용세가의 가주인 모용중현과 칠현문의 문주인 풍 천심을 죽여달라 하시는군.]

“진심이에요?”

“진심이네.”

[물론 진심이시네. 사사건건 맹주님의 행보에 불만을 토해 내고 음해를 일삼는 눈엣가시 같은 자들이니까.]

사무진이 히죽 웃음을 지었다.

툭 하면 농담이나 던지기에 실없는 사람이라고 생각했었 는데, 역시 무림맹의 맹주 자리는 아무나 오를 수 있는 것이 아니었다.

목숨이 왔다 갔다 하는 이 와중에도 평소에 눈엣가시 같은 모용중현과 풍천심을 죽일 계책을 세우는 것을 보니.

진심으로 감탄하는 와중에 고개를 끄덕였다.

배울 것은 배워야 했다.

그리고 사무진도 유정생의 제안을 마다할 이유가 없었다.

얻을 것은 모두 얻은 상황이었으니까.

게다가 유정생이 원하는 것은 그다지 어려울 것도 없었다.

받은 것이 있으면, 주는 것도 있어야 하는 법.

그게 협상의 기본이라는 것쯤은 아직 마교의 교주 자리에 오른 지 얼마 지나지 않은 사무진도 알고 있었다.

"고집이 있네요."

"절대 양보할 수 없는 것도 있다네."

애써 근엄한 표정을 유지한 채 유정생이 한마디를 덧붙이자 모용중현과 풍천심의 얼굴이 결국 일그러졌다.

결국 참지 못하고 다시 입을 떼려 할 때 사무진이 먼저 나섰다.

"마음에 드네요."

"……."

"한순간의 위험을 넘기려고 얕은 수를 쓰지 않고 신념을 지키기 위해 목숨을 초개처럼 여기는 모습은 우리 마교의 정신과도 일맥상통하네요."

이게 말이 되는 소리일까.

이야기를 꺼내면서도 두서가 맞는 소리를 하는 것인지도

확실하지 않았다.

하지만 다행히 그에 신경 쓰는 이들은 없었다.

"그에 반해 저 두 분은 영 아니네요. 말은 그럴듯하게 했지만 결국은 일단 이 위기를 넘기기 위해서 잔꾀나 부리고 있는 것에 불과하니까요."

그리고 사무진의 이야기가 끝나자마자 모용중현과 풍천심의 얼굴이 당황으로 인해서 붉어졌다.

생각지 못한 방향으로 흘러가는 전개.

하지만 놀라기에는 아직 일렀다.

"처음부터 다시 협상하죠."

"협상을 다시 시작하자?"

"그래요."

"좋네. 조건을 말해보게."

"저 두 사람만 죽이도록 하죠. 그러면 나머지 분들은 무사히 돌려보내 드리죠."

"흐음!"

유정생이 고심하는 표정을 지었다.

무척이나 진지한 표정이었지만 그것이 연기라는 것을 알고 있는 사무진은 진심으로 감탄했다.

깊은 심계와 화려한 언변만이 전부가 아니었다.

무림맹의 맹주는 뛰어난 연기력까지 겸비해야 하는 자리

였다.

하지만 사무진의 감탄과 상관없이 모용중현과 풍천심의 얼굴은 잔뜩 일그러진 것으로 모자라 밀랍인형처럼 창백하게 변해 있었다.

"이게 대체 무슨 말도 안 되는 소리요?"

"이해할 수 없는 조건이오."

한마디씩 던지던 모용중현과 풍천심이 유정생을 노려보았다.

어서 이 말도 안 되는 조건을 거부하라고 매서운 눈초리를 보냈지만 유정생은 아예 눈을 감아버렸다.

그리고 한참 만에야 어렵게 입을 뗐다.

"받아… 들이겠네."

적막하다는 느낌이 들 정도로 조용한 장내로 울려 퍼지는 한마디.

"맹주, 그게 대체 무슨 소리요?"

"지금 제정신이오?"

모용중현과 풍천심이 언성을 높였지만 유정생은 여전히 두 사람에게는 시선조차 주지 않았다.

"나로서는 무척이나 어려운 결단이지만 이런 결단을 내린 나를 이해해 주시오. 대를 위한 소의 희생도 필요한 법이니까."

도저히 받아들일 수 없다는 표정으로 유정생을 노려보던 모용중현과 풍천심이 고개를 돌렸다.

그리고 이건 말도 안 되는 일이라며 중인의 동조를 구하려 했지만 그들의 편을 들어주기는커녕 시선을 마주치는 이들조차 없었다.

고개를 숙이고 있거나 괜히 구름 한 점 없는 하늘을 올려다보며 딴청을 피우고 있는 인물들. 치가 떨릴 정도로 배신감을 느낀 모용중현과 풍천심이 주먹을 피가 날 정도로 움켜쥘 때, 섬광이 번뜩였다.

수많은 실전 경험으로 단련된 모용중현과 풍천심이 번뜩이고 있는 섬광이 무엇인지 모를 리 없었다.

본능적으로 위험을 느끼고 피하기 위해서 뒤로 물러났지만, 내력을 끌어올릴 수 없는 그들의 움직임은 평소에 비해 느려도 너무 느렸다.

서걱.

서걱.

그 느린 움직임으로 검마의 공격을 피할 수 있을 리 없었다.

"그대들의 숭고한 희생은 결코 잊지 않겠소."

바닥을 뒹굴고 있는 두 개의 수급을 물끄러미 바라보던 유정생이 안타까운 표정으로 한마디를 던졌다.

그리고 가슴이 아파서 더는 바라보지 못하겠다는 듯 고개를 돌린 유정생이 아무도 듣지 못하게 자그마한 목소리로 중얼거렸다.

"묵은 체증이 다 내려간 것 같군."

사무진이 머리를 긁적였다.

자신을 바라보고 있는 희대의 살인마들의 눈빛이 심상치 않았다.

"너 좀 한다!"

"갑자기 무슨 소리예요?"

"협상하는 재주가 있어."

뇌마 노인을 바라보던 사무진이 놀란 표정을 지었다.

역시 만만치 않은 노인들이었다.

아무것도 모를 것이라 생각했는데 전음을 사용해서 비밀리에 협상했던 것까지 눈치채고 있었다.

"어떻게 알았어요?"

"우리가 바본 줄 아냐?"

"혹시 전음도 훔쳐 들어요?"

"아니."

"그런데 대체 어떻게?"

"네놈은 아직 연기가 어색해. 그래도 그 정도면 처음치고는 잘한 편이지. 기대 이상이었다."

뇌마 노인의 입가에 떠올라 있는 희미한 웃음.

그것을 확인하자마자 갑자기 가슴 깊은 곳에서 울컥하고 뭔가가 치밀어 올랐다.

처음이었다.

뇌마 노인을 비롯한 희대의 살인마들에게서 칭찬을 받은 것은.

하지만 갑자기 칭찬을 들으니 불안한 마음도 생겼다.

사람이 갑자기 변하면 죽을 때가 된 거라는 말이 떠오르며.

"혹시 죽을 때가 된 거예요?"

그래서 던진 질문을 듣자마자 뇌마 노인의 눈빛이 다시 매섭게 변했다.

"네놈보다 오래 살 생각이다."

"불로장생?"

"그건 또 무슨 헛소리냐?"

"천마불사 몰라요? 죽지 않는 존재인 천마보다 오래 산다는 말은 불로장생하겠다는 뜻이잖아요."

"미친놈. 여기서 증명해 줄까?"

"뭘요?"

"천마불사가 틀린 말이라는 것."

사무진이 두 눈에 잔뜩 힘을 주었다.

예전이었다면 눈을 마주치는 것조차도 상상하지 못했던 일이었지만, 예전과는 상황이 달라져도 많이 달라져 있었다.

괜히 억울했다.

그리고 뱃속 깊숙한 곳에서 욱하고 뭔가가 치밀어 올랐다.

"자꾸 이럴 거예요?"

"우리가 뭘?"

조금 전에 했던 말은 무엇이란 말인가.

불과 반 각 전에 교주로 인정한다고 해놓고 그새 또 말이 달라져 있었다.

차라리 그런 말이라도 하지 않았다면 덜 미웠을 텐데.

"너 눈빛이 범상치 않다."

"명색이 마교의 교주인데 눈빛이 범상치 않은 건 당연하죠."

"꽤나 호전적인 눈빛인데."

"그래서요?"

"그러다 맞는다."

사무진이 입매를 비틀었다.

때가 왔다는 생각이 들었다.

흐트러질 대로 흐트러진 마교의 기강을 바로 세우고 위계

질서를 올바르게 정립할 수 있는 때가 바로 지금이었다.

"예전의 내가 아니거든요."

"그래 봤자지."

"한번 확인해 볼래요?"

"그만한 실력이 있나?"

한마디를 해도 어쩌나 이리 얄미울까. 실실 웃고 있는 뇌마 노인의 얼굴을 바라보다 보니 속에서 뭔가가 부글부글 끓어오르는 느낌이었다.

"있죠."

"그래? 그럼 한 번 볼까?"

"진짜죠?"

"겁먹었냐?"

예전 혈마옥에 있었을 때라면 겁을 집어먹었겠지만 오늘은 아니었다.

"나중에 후회하지 말아요."

"후회하게 만들 능력도 없는 주제에."

"일대일로 하죠."

"싫은데."

"그럼?"

"우리 모두 나설 생각이다."

이번에는 사무진이 순간 움찔했다.

설마 회대의 살인마들이 단체로 나설 것이라고는 전혀 예상치 못했었기에.

기껏해야 일대일이라 생각했던 사무진이 주춤했지만 곧 입술을 질끈 깨물었다.

이미 내친걸음이었다.

여기서 물러났다가는 웃음거리밖에 되지 않았다.

"치사한 건 여전하네요."

"겁이 난다면 지금이라도 그만두어도 된다."

"진짜로 한번 붙죠."

사무진이 참지 못하고 내뱉은 말이 끝나기 무섭게 뇌마 노인이 빙긋 웃었다.

第五章
극마

荷蒸乳蒸煎棗湯細腸芝禧佑弟子王

至大改元四月佛浴道吉廣爲傳行

日弟子趙孟順敬書長座前垂

老君演此真妙經竟

共同
傳人
공동전인

우두둑.

싸우기 전에 좌우로 고개를 꺾으며 몸 상태를 점검하던 사무진이 잠시 의아한 표정을 지었다.

힘이 넘쳤다.

아까까지만 해도 진기가 거의 바닥나서 내력을 끌어올리는 것조차도 힘겨웠는데 지금은 온몸에 진기가 충만한 상황이었다.

'왜지?'

그사이에 벌어진 일을 되짚어보던 사무진의 생각이 미친

것은 오대극독이었다.

오대극독을 모두 마시고 나서 다시 정신을 차리고 난 다음부터 이상하게 온몸에 힘이 넘쳤다.

'이것도 부작용인가? 하긴 그렇게 독한 것을 억지로 먹었는데 멀쩡한 것이 오히려 이상한 일이지.'

조금만 더 깊이 고민해 보았다면, 뭔가 이상하다는 것을 깨달았겠지만 사무진은 이미 잔뜩 흥분한 상태였다.

그래서 생각은 거기서 멈추었다.

사무진이 희대의 살인마들을 노려보았다.

하지만 모두 느긋한 표정들이었다.

희대의 살인마들의 얼굴에서는 긴장감을 전혀 찾아볼 수 없었다.

그리고 그것이 사무진의 화를 더욱 북돋았다.

—네놈 정도는 아무것도 아니다.

느긋한 표정을 짓고 있는 희대의 살인마들은 그렇게 말하고 있는 것 같았다.

"아까도 말했지만 예전과는 분명 다를 거예요."

사무진이 진기를 끌어올렸다.

기다렸다는 듯이 전신 혈도를 따라 거세게 흐르기 시작하는 진기의 흐름에 집중하며 사무진이 주먹을 말아 쥐었다.

몸속의 마기가 소리치고 있었다.

어서 싸우라고.

예전의 네가 아니라고.

어서 저들에게 너의 강함을 증명해 보라고.

그래서 다시는 네 앞에서 저런 말을 꺼내지 못하게 하라고.

콰직.

거세게 내딛는 일보.

기분 탓인지는 몰라도 몸이 가벼웠다.

진각을 내딛자마자 사무진의 신형이 희끗희끗하게 변했다.

한 걸음을 뗄 때마다 삼 장의 거리를 좁히는 신법.

희대의 살인마들과의 거리가 순식간에 좁혀졌다.

희끗희끗하게 변했던 사무진의 신형이 다시 나타난 것은 독마 노인의 앞이었다.

예상을 넘어선 속도로 다가온 사무진의 신형 때문일까.

느긋하던 독마 노인의 얼굴에 당혹스런 빛이 스치고 지나가는 것을 확인한 사무진이 말아 쥐고 있던 주먹을 뻗어냈다.

슉. 슉. 슉.

매서운 권풍과 함께 사무진의 주먹이 세 갈래로 갈라져 독마 노인에게로 파고들었다.

단파삼권.

독마 노인이 뒤늦게 양손을 들어 올려 장력을 펼치는 것이 보였다.

쿵. 쿵.

권력과 장력이 부딪치며 연달아 터지는 폭음.

하지만 세 갈래로 나뉘어져 파고들던 권력 중 하나가 심상 치 않음을 느끼고 뒤로 물러나던 독마 노인의 가슴에 틀어박 혔다.

퍽.

손끝에 묵직함이 전해졌다.

짜릿한 타격감을 느끼며 사무진의 두 눈이 붉게 충혈되었 다.

충격으로 인해 뒤로 몇 걸음 물러나며 얼굴을 찌푸리고 있 는 독마 노인을 확인했지만 분이 풀리지 않았다.

오히려 가슴속이 더욱 뜨겁게 달아올랐다.

'진짜 별것도 아닌 노인들이.'

이것밖에 안 되는 노인들에게 그동안 그런 수모를 겪었다 고 생각하니 다시 한 번 가슴속에서 울화가 치밀어 올랐다.

그래서 진기를 더욱 강하게 끌어올리며 독마 노인의 앞으 로 다가가려던 사무진이 눈살을 찌푸렸다.

등 뒤로 다가오고 있는 한 가닥 검기!

굳이 확인하지 않아도 검마 노인이 휘두른 일검이라는 것쯤은 알 수 있었다.

그리고 무시하고 공격할 수 없을 정도로 날카로운 검기를 느낀 사무진이 공격 대신 보법을 펼쳤다.

일순 희끗희끗하게 사라지는 사무진의 신형.

뿌연 안개처럼 사무진의 신형이 사방으로 흩어지자 등을 노리고 다가오던 검기도 방향을 잃었다.

'걸렸어!'

딱딱하게 굳어져 있는 검마 노인의 얼굴.

놀라움을 넘어 당혹스러움을 감추지 못하고 있는 검마 노인을 확인한 사무진이 빙글 몸을 돌리며 권력을 뿜어내려다 멈칫했다.

정 때문이 아니었다.

이번에는 세 방향에서 동시에 장력이 해일처럼 밀려들고 있었다.

'치사하게!'

잠시 멈칫했던 사무진이 경천이권세를 펼쳤다.

사무진이 만든 두 가닥의 권력이 해일처럼 밀려들고 있던 장력과 정면으로 부딪쳤다.

거센 폭음이 터져 나오는 순간, 내부가 진탕되는 느낌이 들었지만 사무진은 이를 악물고 진기를 끌어올렸다.

사무진이 만들어낸 권력이 장력을 밀어냈다.

그 충격으로 인해서 심마 노인과 색마 노인의 안색이 창백하게 질리며 주르르 뒤로 밀려나는 것을 보고 사무진이 히죽 웃을 때, 등 뒤에서 강한 충격이 전해졌다.

쿵.

등 뒤를 강타한 장력으로 인해 오장육부가 뒤집어지는 듯한 충격을 받으며 사무진이 바닥을 뒹굴었다.

그 와중에 고개를 돌려보니 사무진의 등에 장력을 격중시킨 뇌마 노인이 득의양양한 표정으로 웃고 있는 것이 보였다.

'젠장!'

그 웃음이 거슬렸다.

목구멍을 타고 넘어오는 울혈.

그리고 입안 가득 풍기는 피내음을 느끼며 가뜩이나 팽팽하게 날이 서 있던 신경이 툭 하고 끊어졌다.

고통 따위는 느껴지지도 않았다.

벌떡 일어선 사무진이 다시 천지미리보를 펼쳤다.

뇌마 노인의 얼굴이 가까워지는 것을 느끼며 사무진이 다시 경천이권세를 펼칠 준비를 했다.

두 주먹에 맺히는 진기.

꿈틀거리는 진기가 뇌마 노인을 노리고 파고드는 순간, 갑자기 발밑이 허전하다는 느낌이 들었다.

'유령신마!'

언제 나타났을까.

와락.

기척도 느끼지 못할 정도로 은밀하게 땅속에서 빠져나온 주름진 손이 사무진의 발목을 움켜쥐고 있었다.

양다리에 힘을 주며 떼어내려 했지만 발목을 움켜쥐고 있는 유령신마 노인의 오른손에 실린 힘은 강했다.

뇌마 노인을 노리고 뻗어내던 권력을 유령신마 노인을 노리고 휘둘렀다.

퍽. 퍽.

두 가닥 권력이 닿은 땅속이 자욱한 먼지를 일으켰다.

메마른 땅이 깊이 패었지만, 공격을 성공시켰다는 느낌은 없었다.

어느새 발목을 움켜쥐고 있던 손을 놓은 채 유령신마 노인은 사라졌고, 중심을 잡기 위해 신경 쓰던 사무진이 눈을 크게 떴다.

뇌마 노인의 얼굴이 어느새 눈앞으로 다가와 있었다.

놀랄 틈도 없이 파고든 일장이 다시 명치에 틀어박혔다.

"크흑."

오장육부가 조각조각 끊어지는 느낌과 함께 뼛골까지 찌르르 울리는 느낌이었다.

이 장이 넘게 날아간 후에도 몇 바퀴나 바닥을 뒹굴고서야 간신히 멈춘 사무진이 바닥에 대자로 드러누웠다.

"하아. 하아."

숨이 턱 막혔다.

그리고 머리가 멍했다.

백지처럼 하얗게 변해 버린 머릿속에 다시 떠오른 것은 한심하다는 듯이 웃고 있는 희대의 살인마들의 얼굴이었다.

그들이 짓고 있는 비웃음이 눈앞에 떠오르자 다시 가슴속이 부글거리면서 끓어오르기 시작했다.

죽이고 싶었다.

살심!

오래간만이었다.

누군가를 진심으로 죽이고 싶다는 느낌이 드는 것은.

죽여 버리겠다는 생각만이 머릿속을 가득 메운 채 다른 생각이 파고들 틈조차도 내어주지 않았다.

축 늘어져 있던 양손으로 바닥을 짚었다.

양팔에 힘을 주며 비틀거리면서 몸을 일으켰다.

그런 사무진의 눈에 뇌마 노인이 한쪽 입매를 일그러뜨린 채 뒷짐을 지고 있는 것이 들어왔다.

그리고 그 비웃음을 본 순간, 뜨거운 분노가 이성을 마비시켰다.

'죽인다!'

오직 한 가지 생각뿐이었다.

그와 동시에 마기가 폭발했다.

—다 죽여 버릴 수 있어.

폭발하는 마기가 달콤한 목소리로 속삭이고 있었다.

그리고 사무진은 그 달콤한 속삭임을 거부할 수 없었다.

진기가 사무진의 오른손에 집중되기 시작했다.

아지랑이처럼 맺히던 진기가 푸른빛을 띤 구의 형체를 만들어냈다.

파천무극권.

무명 노인에게 배운 파환수라권의 마지막 초식.

지금까지 진기가 부족해 펼쳐 볼 엄두조차 내지 못했던 파천무극권이었는데, 지금은 달랐다.

이 정도 진기라면 펼치지 못할 것이 없다는 생각을 하며 사무진이 힘껏 한 걸음 내디디며 오른손을 휘둘렀다.

부우웅.

오른손에 맺혀 있던 강기가 무서운 속도로 빠져나갔다.

스르륵.

다리에 힘이 풀렸다.

텅 빈 단전에는 한 방울의 진기도 남아 있지 않았다.

서 있을 힘도 없어 바닥에 주저앉아 버린 사무진이, 뇌마 노인을 노리고 날아가는 강기를 멍하니 바라보았다.

어느새 미소가 사라지고 진중하게 변해 있는 희대의 살인마들의 얼굴.

그리고 그들이 약속이라도 한 듯 일제히 장력을 펼치는 것이 사무진의 눈에 보인 마지막 광경이었다.

히죽.

바닥에 대자로 드러누웠다.

굵은 땀방울이 맺혀 있던 이마 위로 시원한 바람이 스치고 지나갔다.

그래서 잠이 솔솔 몰려왔다.

참기 힘들 정도로 잠이 몰려와서 눈을 감아버리기 전에 마지막으로 든 감정은 편안함이었다.

불과 조금 전에만 해도 미칠 듯한 살심이 머릿속을 가득 채우고 있었는데 언제 그랬냐는 듯 자취를 감추어 버렸다.

'어라. 내가 왜 그랬지?'

그럴 만한 일도 아닌데 순간 지나치게 흥분했다는 후회.

그리고 그제야 조금 전 펼친 파천무극권이 떠올랐다.

무명 노인은 분명히 제대로 펼친 파천무극권을 막을 자는 드넓은 강호에서도 불과 몇 손가락 안에 꼽힐 자들뿐이라고 말했었는데.

'어쩌지?'

파란색 강기의 덩어리가 다가오는 것을 확인하고서 잔뜩 긴장하고 있던 희대의 살인마들의 얼굴이 떠올랐다.

대체 어떻게 되었을까 하는 걱정이 밀려왔다.

그래서 눈을 뜨고 확인해 보고 싶었지만, 다시 들어 올리기에는 뒤덮고 있는 눈꺼풀이 너무 무거웠다.

그리고 솔직히 귀찮았다.

'알아서 했겠지.'

희대의 살인마들이라면, 다른 사람도 아닌 그들이라면 어떻게든 막았을 것이라는 생각을 하며 사무진이 다시 한 번 히죽 웃었다.

툭. 툭. 투둑.

창백하게 안색이 변한 뇌마가 급히 손을 움직여 사무진의 전신 혈도를 두드렸다.

뇌마의 손길이 혈도에 닿을 때마다 이미 정신을 잃은 사무진의 신형은 튕기듯이 튀어 올랐지만 뇌마는 멈추지 않았다.

그러기를 반 각.

주름진 얼굴이 땀으로 범벅이 되고서야 뇌마는 사무진의 혈도를 신중하게 두드리던 것을 멈추고 소매를 들어 올려 이마의 땀을 닦아내었다.

"수고하셨습니다."

"큰일 날 뻔했군."

쿨럭. 그제야 한숨을 돌리고 쓴웃음을 짓던 뇌마가 기침과 함께 한 움큼의 검붉은 선혈을 토해냈다.

하지만 한 움큼의 선혈을 토해냈음에도 불구하고 진탕된 내부는 여전히 진정될 기미가 보이지 않았다.

파란색 강기의 덩어리.

사무진이 펼친 마지막 공격에 실려 있던 위력은 엄청났다.

혼자였다면 절대 감당하지 못할 정도였다.

실제로 여섯이서 힘을 합쳐서 동시에 장력을 발출했음에도 불구하고 내상을 입을 정도였으니까.

창백하게 변한 낯빛으로 진심으로 놀란 표정을 짓고 있는 이들을 바라보던 뇌마가 웃으며 입을 뗐다.

"다행히 고비는 넘긴 것 같군."

"이젠 극마 단계에 들어선 것 같습니다."

독마의 화답을 들은 뇌마가 희미하게 고개를 끄덕이며 깨어날 생각도 하지 않고 태평하게 잠에 빠져 있는 사무진을 내려다보았다.

"이놈, 웃네."

"코까지 골아대며 잠든 것을 보니 팔자가 늘어졌군요."

"주화입마에 빠질 뻔한 것도 몰랐나 보군."

"원래 그리 똑똑한 놈은 아니었지 않습니까?"

"똑똑하기보단 멍청한 쪽이었지."

독마와 대화를 주고받던 뇌마가 길게 한숨을 내쉬었다. 마교의 무인들은 마기의 양에 따라 네 단계로 나뉘는 법이었다.

입마, 진마, 극마, 그리고 마지막 단계인 탈마.

그리고 마기의 양이 증가하며 각각의 단계를 넘어설 때마다 자신도 모르는 사이 위험에 직면한다.

하지만 그 사실은 마교의 무인들조차도 제대로 알지 못했다.

그 이유는 마인들 중 대부분이 입마 단계조차도 벗어나지 못하고 생을 마감하기 때문이었다.

그러나 만약 입마 단계를 벗어나 진마와 극마 등의 좀 더 높은 단계로 올라설 때에는 그때마다 위험한 고비를 넘겨야 한다.

실제로 조금 전만 하더라도 뇌마가 사무진의 상태를 조금만 늦게 파악했다면 사무진은 이유없는 심마에 시달리다 주화입마에 빠졌을 터였다.

그래서 뇌마가 다행이라는 생각을 할 때 유령신마가 이해가 가지 않는다는 표정을 지은 채 질문을 던졌다.

"진마 단계는 어찌 들어섰을까요?"

유령신마가 의아함을 드러내는 것은 일리가 있었다.

방금 사무진이 뇌마의 도움으로 들어선 경지는 극마.

진마 단계를 뛰어넘어 바로 극마 단계로 들어서는 것은 불가능했다.

입마 단계에 들어설 때는 사무진이 혈마옥에 갇혀 있던 시기였기에 특별히 위험할 것이 없었다.

독마가 사무진이 정신을 잃은 사이, 진기를 유도해 주어서 자연스레 입마 경지에 오를 수 있게 해주었으니까.

하지만 다음 단계인 진마에 들어섰을 때의 사무진은 혼자였다.

스스로의 힘으로 입마 단계를 벗어나 진마 단계에 들어섰다는 것인데 그것은 거의 불가능한 것이었다.

"누군가 도움을 주었겠지."

"하지만 대체 누가?"

"이 녀석이 사용하는 무공을 보고 눈치채지 못했나?"

잠시 생각에 잠겼다 뇌마가 꺼낸 질문에 유령신마의 얼굴이 굳어졌다.

"혈영마존!"

그리고 그의 입에서 흘러나온 이야기를 듣고 다른 이들의 표정도 굳어졌다.

"맞아."

"그럼 이놈이 혈영마존의 진전을 이어받았단 거로군요. 어쩐지 혈마옥을 벗어나기 전과는 너무 달라졌다고 생각했는데……."

"혈영마존의 성격이야 유명하지. 자네들도 한번씩 겪어보았으니 알겠지. 아마 이 녀석을 극한으로 몰아붙였겠지. 덕분에 그리 빠른 시간 안에 진마 단계에 들어선 것으로 모자라 극마 단계까지 진입할 수 있었겠지."

"혈영마존의 진전을 이어받다니. 하여간 운 하나는 억세게 좋은 놈이로군요."

"그래, 운 하나는 타고난 놈이지. 물론 이 녀석은 자기가 운이 더럽게 없다고 생각할지 모르겠지만."

"……."

"그리고 꼭 운만은 아니지. 나름대로는 힘들었을 테니까."

대답하던 뇌마가 히죽 웃으며 잠들어 있는 사무진을 바라보다가 고개를 돌려 유정생에게로 시선을 던졌다.

망설이지 않고 걸어간 뇌마가 유정생에게 말했다.

"차나 한잔하세."

마성장의 장주인 철무경의 집무실.

어느 누구도 접근하지 못하게 하라는 철무경의 명령으로 인해 조용한 집무실 안에 자리한 것은 단 세 명이었다.

유정생과 철무경, 그리고 뇌마.

"우리 초면인가?"

먼저 입을 연 것은 뇌마였다.

"초면은 아닙니다."

그 질문에 잠시 고민하던 유정생이 대답했다.

"그럼?"

"기억하시지 못하겠지만 예전에 먼발치에서 한 번 본 적이 있습니다."

"그랬군."

무미건조한 질문과 대답이 잠시 이어진 후 다시 침묵이 이어졌다.

그리고 이번에는 유정생이 먼저 그 침묵을 깨뜨렸다.

"저는 무림맹의 맹주입니다."

"그 정도는 알고 있네."

"비록 지금 산공독에 중독되어 제 상황이 여의치 않다 하더라도 협박 따위에 넘어가지는 않을 거라는 말씀을 미리 드리겠습니다."

유정생이 비장한 표정을 지은 채 말했다.

하지만 뇌마는 그 이야기를 듣고도 별다른 표정의 변화 없이 대답했다.

"그러지 않아도 되네."

"그게 무슨 말씀이십니까?"

"아까 밖에서처럼 억지로 마음에 없는 말을 하지 않아도 된다는 뜻일세. 여기는 우리밖에 없고 우리가 하는 얘기들을 엿들을 사람은 없네."

뇌마의 대답을 들은 유정생의 두 눈에 당혹스런 빛이 스치고 지나갔다.

"알고 계셨습니까?"

"나이는 그냥 먹는 것이 아닐세."

"……?"

"그나저나 세상이 많이 변했군. 내가 무림맹주와 마주 앉아서 차를 마시게 될 줄 누가 알았겠는가?"

"이 자리가 마음에 들지 않으십니까?"

"솔직히 말한다면 그리 마음에 들지 않네. 아니, 좀 더 솔직히 말한다면 나는 그대들을 모두 죽일 생각이었네."

"왜입니까?"

"이런 기회는 자주 찾아오는 것이 아니니까."

희미하게 웃음을 지은 채 이야기를 꺼내는 뇌마의 목소리는 담담했지만, 그 이야기 속에 담긴 내용은 유정생과 철무경이 마주 웃을 수 없는 것이었다.

"하지만 그럴 수는 없지. 우리 마교의 교주께서 원하지 않으시니까."

"그렇다면?"

"이런 자리가 다시 마련되기는 힘들 듯한데 흉금을 터놓고 속에 있는 얘기를 해보고 싶을 뿐이네."

사실일까.

철무경과 잠시 시선을 교환했던 유정생이 뇌마의 두 눈에서 뭔가를 읽어내려 했지만 가라앉은 뇌마의 눈에서 알아낼 수 있는 것은 없었다.

다만 진심만은 전해졌기에 유정생도 결국 고개를 끄덕였다.

"말씀하시지요."

"작금의 강호를 어찌 생각하나?"

처음부터 대답하기 곤란한 질문이었다.

그래서 답답한 표정을 짓고 있던 유정생이 한참 만에야 대답했다.

"그다지 마음에 들지 않습니다."

"마음에 들지 않는다?"

"사도맹의 세력이 지나치게 강성해졌지요. 지금이야 무림맹이 건재해서 사도맹도 함부로 움직이지 못하지만 만약 힘의 균형이 무너진다면 한바탕 피 바람이 몰아치는 것을 피할 수 없을 겁니다."

유정생의 대답을 듣고 뇌마가 동의한다는 듯 희미하게 고개를 끄덕였다.

하지만 그는 생각이 달랐다.

"내가 보기에는 이미 힘의 균형이 무너진 듯하네."

"……?"

"이번 일만 봐도 알 수 있지 않은가?"

"무슨 말씀이십니까?"

유정생과 철무경의 얼굴에 동시에 의아한 표정이 떠올랐지만 뇌마는 차분하게 하려던 말을 이어나갔다.

"자네들뿐 아니라 이곳에 모인 모든 이들이 산공독에 중독당했네. 대체 누가 이번 일을 꾸몄을까? 역시 자네인가?"

"말도 안 되는 소리입니다!"

철무경이 펄쩍 뛰며 부인했다.

그 모습을 바라보던 뇌마가 더 이상 추궁하지 않고 고개를 끄덕이는 것을 확인한 유정생이 반론을 제기했다.

"흑독문의 소행이라는 것이 드러나지 않았습니까?"

"그러하네."

"그런데 대체 왜……?"

"흑독문이 이번 일에 관여한 것은 틀림없지. 하지만 그게 그들만의 힘으로 가능하다고 생각하나? 나는 누군가의 도움을 받은 것이라 생각하네."

뇌마의 지적은 날카로웠다.

그제야 뇌마가 하려는 말이 무엇인지 깨달은 유정생과 철무경이 표정을 굳혔다.

"대체 누가?"

"글쎄, 그건 지금부터 알아봐야 할 문제지. 하지만 그것을 알아내는 것이 그리 어려운 문제는 아니라고 생각하네. 우선 의심해 볼 수 있는 것은 이번 연회를 준비하기 위해 자네가 돈을 주고 초빙했던 숙수들이네."

철무경은 이번에도 고개를 흔들었다.

그리고 단호한 표정을 지은 채 대꾸했다.

"이번 연회를 준비하기 위해 숙수들을 초빙하기 전에 철저하게 검증을 거쳤소. 적어도 이 지역에서 최소한 십 년 이상 주방에서 일을 해왔던 자들로만 초빙했기 때문에 그들을 의심하기는 힘드오."

"사실인가?"

"누구의 소행인지 가장 알고 싶은 것이 바로 나요. 그런데 내가 거짓말을 할 이유가 대체 뭐가 있겠소?"

"……?"

"내 말을 믿지… 아!"

여전히 의심스런 표정을 짓고 있는 뇌마를 보고 울컥한 철무경이 언성을 높이려다가 급히 입을 다물었다.

"가만, 그들을 잊고 있었구려. 숙수들 중에 내가 직접 검증

하지 않은 자들이 있소. 하지만 그들은 무림맹에서 파견된 자들인데…….

"조사해 볼 필요는 충분하겠지."

"그 말은 무림맹 내부에 조력자가 있었다는 뜻이오?"

뇌마의 말을 듣고서 철무경이 말도 안 된다는 표정을 지었다.

하지만 정작 유정생은 굳어진 표정을 풀지 않고 뇌마의 의견에 동조했다.

"세상에 절대 일어나지 않을 것이라고 보장할 수 있는 것은 없네. 더구나 내가 아는 무림맹은 무척 넓고, 수많은 자들이 몰려 있으니까."

"그 말씀은?"

"그냥 넘어가는 것보다 조사를 해볼 필요는 있다고 생각하네. 그리고 의심 가는 인물도 있다네."

유정생의 이야기를 모두 들은 철무경은 답답한 신음성을 흘렸지만, 뇌마는 아직 충분하지 않다는 표정을 지은 채 한마디를 더했다.

"있어야 할 자리에 있지 않은 자들도 의심해 볼 필요는 있을 듯하네."

이건 또 무슨 소리인가 하며 의아한 표정을 짓고 있던 철무경이 한참 만에야 숨은 의미를 깨닫고 눈을 크게 떴다.

현재 마성장을 이끌고 있는 철무경이 쌓은 명성은 대단했다.

그래서 그는 자신의 환갑 잔치에 명문이라 불리는 문파는 모두 참석할 것이라 예상했다.

하지만 오늘 마성장을 찾아온 이들의 면면 중에는 당연히 참석할 것이라 믿었던 이들의 모습이 보이지 않았다.

처음에는 단지 서운한 마음뿐이었다.

그리고 뭔가 사정이 있었던 것이겠지 하고 넘어갔지만, 지금 이 이야기를 듣고 보니 의심이 깃들기 시작했다.

그들이 이곳에 나타나지 않은 이유는 이런 상황이 벌어질 것을 미리 알고 있었기 때문이 아닐까.

'설마?'

하지만 여전히 그들이 사도맹과 어떤 식으로든 연관이 되어 있을 것이라는 의심은 확신으로 변하지 않았다.

"그 사실 하나만으로 단정하는 것은 옳지 않다고 생각합니다."

그리고 유정생도 철무경과 크게 생각이 다르지 않은 듯했다.

조심스럽게 꺼낸 유정생의 이야기에 철무경도 동조하며 고개를 끄덕일 때, 뇌마는 한쪽 입꼬리를 말아올렸다.

"외부의 적보다 무서운 것은 내부의 적일세."

"……."

"삼십여 년 전 마교가 힘없이 무너진 것도 내부에 숨어 있던 적을 알아내지 못했기 때문이지. 나는 사도맹 놈들의 그런 비열한 술수를 두고 볼 생각은 없네."

"직접 조사를 하실 생각이로군요."

"그럴 생각이네."

"하지만 사도맹도 바보가 아닌 이상, 마교의 움직임에 이목을 집중시키지 않을 리가 없을 텐데요."

"알고 있네. 그래서 부탁을 하나 하려고 하네."

"뭡니까?"

"이목을 끌어주게."

이목을 끌어달라?

어려운 부탁은 아니었다.

어차피 선제 공격을 위해 미리 준비해 둔 인원들도 있었고, 그들이 사도맹의 분타들을 공격한다면 사도맹의 시선은 무림맹에 쏠릴 수밖에 없을 터였다.

하지만 유정생이 쉽게 허락하지 않자 뇌마가 다시 입을 뗐다.

"자네들을 살려둔 보답이라 생각하고 들어주게."

"알겠소."

유정생이 무거운 표정으로 대답했다.

그리고 그런 그가 답답한 한숨을 토해냈다.

정작 그가 쉽게 대답하지 못했던 이유는 아직 마교의 저의를 모르기 때문이었다.

좋은 마교, 착한 마교라는 말을 내세우고 있지만 마교는 결국 마교일 뿐이었다.

"어디까지 할 생각입니까?"

"글쎄."

"마음은 정한 듯 보이오만……."

"적어도 사도맹과 마교는 같은 하늘 아래 존재할 수 없네. 사도맹이 사라지거나, 마교가 사라지거나 둘 중 하나겠지. 그 전에는 멈출 생각이 없네."

유정생이 가볍게 고개를 끄덕였다.

하지만 그가 묻고 싶었던 것은 이게 전부가 아니었다.

"그다음은 무엇입니까?"

그 말에 담긴 의미를 눈치챈 뇌마는 희미하게 웃었다.

"만약 마교가 남는다면……."

도중에 말을 멈추고 잠시 생각에 잠겼던 뇌마가 말을 이었다.

"그건 그때 가서 생각해 보세."

상쾌하다.

정신을 차리자마자 처음으로 든 감정은 이것이었다.

푹 자고 일어나 피로가 완전히 풀린 것처럼 머리는 그 어느 때보다 맑았고, 온몸에도 기운이 넘쳤다.

'여기는 어딜까?'

슬쩍 눈꺼풀을 밀어 올려 보자 익숙한 천장이 보였다.

'내 방이네!'

잠시 들었던 불안감은 금세 사라졌다.

그래서 다시 눈을 감아버린 사무진이 정신을 잃기 전의 상황에 대해서 찬찬히 떠올려 보았다.

왜였을까.

그때는 미친 듯이 화가 났다.

그래서 살의까지 품었다.

하지만 지금 정신을 차리고 나서 다시 생각해 보니 그렇게까지 화를 낼 만한 일도 아니었다.

희대의 살인마들의 태도가 그랬던 것이 하루 이틀 일도 아니었고, 그냥 그러려니 하고 넘어갔으면 될 일이었다.

'그때와 비슷했어.'

당시의 상황을 반추해 보던 사무진은 무명 노인을 죽이기 위해 미친 듯이 달려들었던 때와 무척이나 비슷했다는 생각이 들었다.

그리고 사무진은 마지막 순간, 자신이 날렸던 파란색 강기의 덩어리에 생각이 미쳤다.

파천무극권.

진기가 부족해서 지금까지 펼쳐 볼 엄두조차 내지 못했던 파천무극권이었는데 그때는 어찌 된 일이었는지 펼치는 것이 가능했다.

그리고 사무진이 만들어냈던 거대한 강기의 덩어리가 희대의 살인마들을 향해 날아가던 모습이 기억 속에 남아 있던 마지막이었다.

'막았을까?'

문득 걱정이 되었다.

물론 희대의 살인마들이라면 왠지 어떻게든 막아냈을 것이라는 느낌이 들었지만, 그래도 걱정이 되는 것은 어쩔 수 없었다.

그래서 참지 못하고 눈을 뜨자 심 노인이 보였다.

"교주님!"

"여기서 뭐 해요?"

"교주님께서 정신을 잃고 쓰러지신 지 벌써 열흘이 흘렀습니다. 계속 깨어나시지 않아 걱정이 되어 견딜 수가 없어서……."

심 노인은 금방이라도 울 듯한 표정으로 말하고 있었지만, 사무진은 더 이상 그 표정에 속지 않았다.

"진짜예요?"

"그야 당연히……."

"'왜 빨리 안 죽나' 하고 살펴보고 있던 것 아니에요?"

"그… 그럴 리가 있습니까? 제가 왜 그런 말도 안 되는 마음을 먹겠습니까?"

"내가 죽어야 심 노인이 마교의 교주가 되니까요."

"정녕 오해이십니다."

"흥, 전에 다 들었거든요."

쿵. 쿵. 쿵.

억울한 표정을 짓고 있던 심 노인이 자신의 충정을 표현하기 위해 바닥에 이마를 찧기 시작했다.

하지만 그런 심 노인의 모습도 하도 자주 봐서인지 그다지 감흥도 없었다.

더구나 예전과는 달리 이마를 바닥에 찧어대는 소리가 영 시원치 않았다.

"요즘 들어 소리가 작아진 것 같아요."

"그럴 리가 있습니까?"

"그럼 내 귀가 잘못된 거예요?"

"제가 다시……."

"아, 됐어요. 그보다 희대의 살인마들은 어디 있어요?"

인상을 잔뜩 쓴 채로 다시 바닥에 이마를 찧으려 하는 심 노인을 말린 사무진이 질문을 던졌다.

"아, 육마존께서는 교주님께서 깨어나시기만을 기다리고 계셨습니다."

"육마존?"

무심코 넘기려던 사무진이 되묻자 심 노인이 신이 나서 대답했다.

"예전에는 창마와 고루신마까지 팔마존이라 불리었지만 지금은 여섯 분밖에 남지 않으셨으니 육마존입니다."

"육마존은 무슨. 그런데 왜 기다린데요?"

"하실 말씀이 있다고 하셨습니다."

"뭔데요?"

부어오른 이마를 문지르며 심 노인이 대답했다.

"교주님이 만든 마교를 보여달라고 하셨습니다."

第六章
칠마존

荷蒙乳蒸煎棄湯細賜其福佑率于王此
至大改元四月佛浴道音廣為傳符世
日弟于趙孟頫敬書長壁前再
老君演此真妙經竟再

共同
傳人
공동전인

"실력이 조금 는 것을 축하한다!"

이건 또 무슨 소릴까?

방 안으로 들어서자마자 뇌마 노인이 다짜고짜 꺼내는 말을 듣고서 사무진이 고개를 갸웃했다.

그리고 어리둥절한 표정을 짓고 있는 사무진을 확인한 독마 노인이 설명하듯 한마디를 덧붙였다.

"네놈이 극마 단계에 들어섰다는 뜻이다."

하지만 사무진은 여전히 알아들을 수 없었다.

"극마가 뭔데요?"

"그것도 모르냐?"

"가르쳐 줬어야 알죠."

"무식한 놈."

"혹시……?"

"혹시 먹는 거 아니냐는 둥의 헛소리를 하다가는 한 대 얻어맞을 게다."

사무진이 급히 입을 다물었다. 어쩌면 희대의 살인마들은 정말로 독심술을 익혔을지도 모르겠다는 생각을 하며.

그리고 그런 사무진을 재미있다는 표정을 지은 채 바라보던 독마 노인이 피식 웃으며 자세히 설명해 주었다.

"우리 마교의 무인들은 몸속에 지닌 마기의 양에 따라 총 네 단계로 나뉜다. 입마, 진마, 극마, 그리고 탈마가 바로 그 네 단계를 이르는 말이지. 그리고 지금 너는 막 극마 단계에 들어섰다."

"내가 언제요?"

설명을 듣고 나니 그럭저럭 이해가 갔다.

하지만 대체 언제 극마 단계에 들어섰다고 말하는 것인지는 전혀 감이 잡히지 않았다.

"한숨 자고 있어났더니 몸이 개운하지 않느냐?"

"자고 일어나면 한 단계씩 올라가는 건가 보네. 그럼 별것도 아니잖아요."

"미친놈."

독마 노인이 어이가 없다는 표정을 지었다.

"그게 쉽다면 누구나 고수가 되겠다."

"난 왜 어렵지 않지?"

곰곰이 생각하던 사무진이 고개를 갸웃했다.

그리고 다시 질문을 던졌다.

"아까 입마, 진마 다음이 극마라고 하지 않았어요?"

"그래."

"그렇다면 역시 난 천재로군요. 입마와 진마 단계는 가뿐히 뛰어넘고서 바로 극마 단계에 들어섰으니까."

어깨에 힘을 잔뜩 준 채 이야기를 꺼낸 사무진이었지만 희대의 살인마들의 시선은 싸늘하기 그지없었다.

"너 같은 놈이 교주라니 마교의 앞날이 깜깜하구나."

"솔직히 말하면 지금까지도 그다지 밝지 않았거든요. 그나마 내가 이만큼이라도 만들어놓은 거죠."

한심하다는 표정을 짓고 있는 독마 노인의 힐난을 들었지만 이 정도에 주눅이 들거나 마음이 상할 사무진이 아니었다.

더벅머리를 긁적이며 가볍게 대꾸한 사무진이 고개를 돌렸다.

심 노인을 비롯해 홍연민, 육소균과 장하일, 그리고 마도삼기와 매난국죽까지.

모두 이 방 안에 모여 있었다.

그리고 이들이 사무진이 만든 새로운 마교의 전부라고 불러도 과언이 아니기에 질문을 던졌다.

"내가 만든 마교를 보고 싶다고 그랬다던데. 여기 모인 사람들이 내가 만든 마교의 전부인데 어때요?"

"최악은 아니구나."

슬쩍 면면을 훑어보던 뇌마가 대답을 꺼냈다.

그 대답을 듣고서 사무진이 씨익 웃으며 심 노인을 먼저 가리켰다.

"칭찬 좀 해주면 덧나요?"

"칭찬할 게 없다."

"하여간 곱게 넘어가는 적이 없어요. 심 노인은 알죠?"

"그래. 잘 알고 있지."

"새로운 마교의 장로 자격은 충분히 있는 것 같은데. 어때요?"

사무진의 말이 끝나기 무섭게 심 노인의 얼굴이 붉게 상기되었다.

그리고 지금까지 사방에 돌아다니면서 마교의 장로라고 뻐기던 심 노인이 어울리지 않게 겸양을 떨었다.

"제가 어찌… 말도 안 됩니다. 교주님, 제가 어찌 육마존 어르신들과 같은 직책을 가질 수 있겠습니까?"

손사래까지 치면서 횡설수설하고 있는 심 노인을 바라보던 사무진이 어이없다는 표정을 지었다.

"왜 이래요?"

"그야 당연히……."

"불과 며칠 전까지 교주 자리까지 탐내던 사람이 갑자기 왜 겸양을 떨고 그래요? 그냥 평소에 하던 대로 해요."

"무슨 말씀을 하시는 겁니까?"

"마교의 장로인 칠마존 중 일인이 되는 거죠."

사무진의 말을 듣고서 심 노인이 감동한 표정을 지었다.

하지만 그도 잠시, 다시 말도 안 된다는 듯 손사래를 칠 때였다.

"두홍이는 마교의 장로가 될 충분한 자격이 있지."

"뇌마 어르신!"

"두홍이가 없었다면 지금쯤 이 강호에 더 이상 마교가 존재하지 않았을지도 모르니까. 그렇게 생각하지 않나?"

뇌마 노인의 말이 끝나자 나머지 희대의 살인마들도 동조하며 고개를 끄덕였다.

그것을 확인하고서 심 노인의 눈이 붉어졌다.

"정녕 제가… 어르신들과 같은 직책을 맡아도 괜찮겠습니까?"

"아까도 말했지만 자네는 자격이 있네."

"아… 저는, 저는 이제 죽어도 여한이 없습니다."

심 노인이 울먹이며 소리쳤다.

그리고 그때, 검마 노인이 심 노인의 앞으로 다가왔다.

"무슨 하명하실 말씀이라도?"

그것을 느끼고 고개를 든 심 노인이 질문을 던졌지만 검마 노인은 빙그레 웃으며 고개를 흔들었다.

대신 심 노인의 앞으로 오른손을 내밀었다. 앞으로 내밀어져 있는 검마 노인의 주름진 오른손.

영문을 알지 못해 심 노인이 멍하니 서 있다가 뒤늦게 뭔가를 깨닫고 손을 뻗어 그 손을 마주 잡았다.

그리고 그제야 만족스런 표정을 지은 검마 노인이 한마디를 던졌다.

"이젠 네가 막내!"

"좋아요?"

얼굴이 붉게 상기된 채 어쩔 줄을 모르고 있는 심 노인을 살피던 사무진이 질문을 던지자마자 대답이 돌아왔다.

"교주님, 어찌 좋지 않겠습니까? 저는 지금 벌어지고 있는 이 모든 일들이 마치 꿈만 같습니다."

"그렇게 좋아요?"

"그렇습니다. 제가 마교의 칠마존 중 한 자리를 차지한다는 사실이 당최 믿기지가 않습니다."

"그래 봤자 막내잖아요."

"막내면 어떻습니까?"

"아직 겪어보지 않아서 잘 모르겠지만 막내가 좋은 게 아니거든요."

"……?"

"나중에… 후회할지도 몰라요."

사무진이 진심으로 충고했지만 심 노인은 전혀 들리지 않는 듯 보였다.

그리고 어차피 '소 귀에 경 읽기' 라는 사실을 깨달은 사무진은 더 이상 말하는 것을 포기하고 마도삼기에게로 시선을 던졌다.

"마도삼기도 알죠?"

"물론 알지. 사실 조금 놀랐다."

"뭘요?"

"체질상 누구 밑에 있는 것을 극도로 싫어하는 자들이거든. 예전에는 우리에게도 막 기어올랐었지."

"그래서요?"

"조용한 곳으로 데려가서 좀 두들겨 패주었더니 자존심이 상해서인지 어디론가 조용히 사라져 버렸더구나."

뇌마 노인의 말이 끝나자 마도삼기의 눈빛이 사납게 변

했다.

그리고 눈에서 불을 뿜을 듯한 기세로 쩌려보던 장경이 뭔가 입을 떼려 했지만 사무진이 더 빨랐다.

"뭐랄까요? 실력에 비해서는 명성이 지나치죠."

"틀린 말은 아니구나."

"지금은 마교의 영구 문지기로 낙점되어서 맹활약을 펼치고 있죠."

"그래?"

"아무래도 실력에 걸맞은 직책을 맡아서 능력이 발휘되는 것 같아요."

"문지기라……?"

희대의 살인마들이 조금 의외라는 눈빛을 보냈다.

그리고 그 눈빛을 확인한 마도삼기의 표정이 조금 밝아졌다.

사무진에게는 실력에 거품이 끼었다는 인식이 완전히 틀어박혀 버렸지만, 육마존이라면 달랐다.

자신들의 진짜 실력을 알고 있으니 고작 마교의 문지기나 할 실력으로는 아깝다는 충언을 해줄지도 모른다는 기대를 품었다.

하지만 마도삼기의 기대는 어김없이 무너졌다.

"네 말대로 적당한 역할이구나."

"내가 다른 건 몰라도 사람 보는 눈은 좀 있거든요."

사무진이 히죽 웃었다.

그리고 완전히 좌절한 표정으로 고개를 푹 수그리고 있는 마도삼기는 쳐다보지도 않고 이번에는 매난국죽을 소개했다.

"처음 보죠?"

"그렇긴 한데……."

"표정이 왜 그래요?"

확실히 뇌마 노인의 표정은 변했다.

미간을 찌푸린 것이 뭔가 마음에 들지 않는다는 표정이었다.

그래서 매난국죽의 얼굴도 굳어졌다.

매난국죽에게 있어서 뇌마 노인을 위시한 육마존은 감히 눈조차 마주하지 못할 정도로 거물이었다.

비록 현재 마교의 교주가 사무진이라고는 하나, 오랫동안 육마존의 위명을 들어왔던 그들이기에 어쩌면 당연한 일이었다.

그런데 그런 분들이 미간을 찌푸리고 있으니 긴장으로 인해서 입안이 바싹바싹 타들어갈 정도였다.

"저 애들은 왜 저 모양이야?"

그리고 뇌마 노인이 못마땅한 표정을 지은 채 꺼낸 말을 막상 듣게 되자, 머릿속이 아득해졌다.

'대체 우리가 무슨 잘못을 했기에 저리 언짢은 표정을 지으신단 말인가? 예를 표함이 부족했던가. 아니면 수련이 부족함을 탓하시는 것이란 말인가?'

당장 묻고 싶었다.

그래서 잘못된 것이 있다면 고치고 싶었지만, 매난국죽에게 있어서 육마존은 감히 말을 붙이기조차도 어려운 상대였다.

"뭐가요?"

다행히 그런 매난국죽의 속마음을 꿰뚫은 듯, 사무진이 대신 질문해 주었다.

"눈썹이 왜 저런 거냐?"

그리고 그 말을 듣고서 매난국죽의 표정이 일그러질 때, 사무진도 머리를 긁적이며 대꾸했다.

"천괴지둔공을 전수해 주려고 했었죠."

"그래서?"

"그래서 밀었죠."

"모진 놈!"

"조금 미안하긴 해요."

"앞으로 저 아이들은 밖으로 돌아다니지 않는 게 좋겠군."

"왜요?"

"가뜩이나 좋지 않은 마교에 대한 인식이 더 나빠질 것 같으니까."

직설적인 뇌마 노인의 말을 듣고 매난국죽이 좌절했다.

"미처 거기까지는 생각하지 못했네요. 그러도록 하죠."

매난국죽이 원망스런 눈초리로 노려보았지만, 사무진은 아무것도 느끼지 못한 듯 순순히 인정했다.

다음으로 사무진이 소개한 것은 좌우호법인 육소균과 장하일이었다.

"여긴 우리 마교의 좌호법인 육소균, 그리고 이쪽은 우호법인 장하일이에요. 겉모습은 조금 그렇지만 실력 하나만큼은 진짜죠."

짤막한 사무진의 설명이 끝나자 뇌마 노인이 눈을 빛냈다.

그리고 육소균을 흥미로운 시선으로 바라보았지만, 육소균은 뇌마 노인과 시선을 부딪쳤음에도 눈도 꿈쩍하지 않았다.

지금 육소균이 짓고 있는 표정에는 짜증과 귀찮음만이 가득했다.

"쓸만하군."

칭찬에 박한 뇌마 노인의 입에서 오랜만에 칭찬이 흘러나왔다.

그리고 아쉬운 표정으로 한마디를 덧붙였다.

"조금만 살을 뺀다면 지금보다 몇 배는 강해지겠군."

"이대로… 살 거요."

"살을 빼라고 내가 명령한다면?"

짜증 섞인 표정으로 앉아 있던 육소균이 눈을 치켜떴다.

"내가 그쪽 명령을 들을 필요가 있나?"

"아직 마교에 들어온 지 얼마 지나지 않아서 잘 모르고 있나 본데 장로는 호법보다 높은 위치지."

언성을 높이지는 않았다.

하지만 대화를 나누던 두 사람 사이에 묘한 기류가 흐르기 시작했다.

누군가 툭 하고 건드리기만 하면 금방이라도 무슨 일이 터질 것처럼 팽팽하게 이어지고 있는 긴장감.

"난 그런 거 몰라."

"그럼 아는 건 뭔가?"

"나한테 명령을 내릴 수 있는 건 교주뿐이라는 것."

"그건 좀 곤란한데. 그래서는 조직의 기강이 제대로 설 수 없거든."

육소균과 뇌마 노인의 시선이 허공을 격하고 부딪쳤다.

어느 한 쪽도 먼저 물러서지 않았다.

그리고 그 상태로 육소균이 입을 뗐다.

"호법 말고 장로로 바꿔줘."

"그건 좀 곤란한데."

사무진에게 꺼낸 말이었지만 대답은 뇌마 노인에게서 흘러나왔다.

"마교의 장로 자리를 우습게 보지 말게. 실력은 조금 있지만 어디서 굴러왔는지 근본도 알 수 없는 놈들이 차지할 수 있는 자리가 아니야."

"근본을 모른다?"

"그래."

"역시 마음에 안 들어."

잔뜩 인상을 쓰고 있던 육소균이 신형을 살짝 비틀었다.

그리고 사무진을 향해 고개를 돌렸다.

"내가 굴러온 돌이야, 아니면 저 늙은이들이 굴러온 돌이야?"

"그야 당연히……."

사무진이 쉽게 대답하지 못하고 망설였다.

그런 그의 머리가 지끈거리기 시작했다.

이건 전혀 예상치 못했던 문제였다.

같은 마교의 인물들이니 사이좋게 지낼 것이라고만 생각했었다.

하지만 현실은 그렇지 않았다.

그리고 어느 쪽도 한 치도 물러서지 않는 것을 보며 곤란한 표정을 짓고 있을 때, 이번에는 장하일이 나섰다.

"다 죽여도 되나?"

지금 이 상황에 이런 말을 던지다니.

작은 불구덩이에 기름을 퍼부은 격이었다.

성질 더럽기로 소문난 희대의 살인마들이 이 말을 듣고 가만히 있을 리가 없었다.

그런 사무진의 예상은 틀리지 않았다.

"그만한 실력은 있나?"

"그야 붙어보면 알겠지."

"진심이로군. 목숨이 아까운지 모르는 놈이야. 이래서 근본도 없는 놈들은 끌어들이면 안 되는 법이지."

한쪽 입매를 말아올려 비웃음을 띤 채 뇌마 노인이 한마디를 던지자, 장하일과 육소균이 동시에 살기를 뿜어댔다.

순식간에 장내를 뒤덮는 자욱한 살기.

"네가 군사냐?"

그리고 이번에는 애꿏은 홍연민에게로 불똥이 튀었다.

돌아가는 상황이 심상치 않음을 느끼고 얼굴을 찌푸리고 있던 홍연민이 뇌마 노인에게 대답했다.

"그렇습니다."

"그럼 네가 말해보거라, 누구의 말이 옳은지."

홍연민이 난처한 표정을 지었다.

어느 쪽의 손을 들어주어야 할까.

솔직히 말한다면 뇌마 노인의 손을 들어주는 편이 옳았다. 장로가 좌우호법보다 높다는 것은 사실이었으니까.

하지만 홍연민이 쉽게 답하지 못하고 망설이는 이유는 내키지 않았기 때문이었다.

사실 그가 육마존을 직접 만난 것은 이번이 처음이었다.

그에 반해 육소균과 장하일은 만난 지 오래되지는 않았지만 함께 생사의 위기를 넘겼던 적이 있었다.

단순히 정에 이끌리는 건가 하는 생각도 들었지만 꼭 그 이유만은 아니었다.

굴러온 돌.

조금 전 뇌마 노인이 꺼낸 말에 홍연민은 불쾌하다는 느낌을 받았다.

사무진과 함께 지금까지 마교를 재건해 왔던 홍연민으로서는 육소균과 장하일이 아니라 오히려 육마존이 굴러온 돌처럼 느껴졌다.

그리고 자신들의 뜻대로 좌지우지하려는 태도가 영 마음에 들지 않았다.

"저는… 지금 육마존의 처사가 지나치다고 생각합니다."

고민 끝에 홍연민이 대답했다.

그 대답을 듣자마자 뇌마 노인의 얼굴에 불쾌한 빛이 떠올랐다.

"네놈도 한통속이로구나."

"저는 지금의 상황을 보며 군사로서 느낀 그대로를 말씀드렸을 뿐입니다."

"군사로서 느낀 그대로를 말했다?"

"……."

"목숨이 아깝지 않은 모양이로구나."

스산한 목소리.

홍연민의 낯빛이 눈에 띄게 창백해졌다.

무공을 익힌 적이라고는 없는 홍연민이 뇌마 노인이 은연 중에 뿜어내는 살기를 접했으니 당연한 것이었다.

"다시 한 번 묻지. 여전히 네 생각에는 변함이 없느냐?"

안색이 창백하게 변한 것으로 모자라 홍연민의 신형이 가늘게 떨리기 시작했다.

그리고 결국 참지 못하고 울컥하고 한 움큼의 선혈을 토해 냈다.

"변함이… 없습니다."

하지만 홍연민이 힘겹게 꺼낸 대답은 아까와 다르지 않았다. 바들바들 떨리는 손으로 입가에 묻은 피를 닦아내면서 꺼낸 그 말을 듣던 뇌마 노인의 입가로 한 가닥 웃음이 스치고 지나갔다.

그러나 그 웃음은 나타나기 무섭게 사라져 버려 누구도 알아채지 못했다.

그때 더는 참지 못하고 사무진이 앞으로 나섰다.

"왜 이래요? 이러지 말고 모두 흥분을 좀 가라앉히도록 해요."

"……."

"……."

"진짜 이럴 거예요? 당장 살기들을 거두어들여요. 교주로서 내리는 명령이에요."

전혀 말이 통하지 않음을 느낀 사무진이 결국 교주의 명령이라는 말까지 꺼내들었지만, 교주의 권위는 어느 쪽에서도 먹혀들지 않았다.

"시끄럽다. 그리고 네놈은 떠날 준비나 해라."

그리고 뇌마 노인이 꺼낸 말을 듣고서 사무진이 눈을 크게 떴다.

"설마 이건 토사구팽?"

사무진이 울컥했다.

그래서 재빨리 따졌지만 뇌마 노인은 눈도 꿈쩍하지 않았다.

"분명히 약속했던 걸로 기억하는데."

"약속이라? 물론 마교를 재건하기로 약속은 했었죠. 하지만 마교를 재건한 뒤에 교주 자리에서 물러난다는 약속은 한 기억이 없는데요."

"그거 말고."

"그럼요?"

"검마의 첫사랑 찾아주기."

뜬금없이 흘러나온 이야기.

분명히 지금 상황과는 어울리지 않는 이야기였다.

"물론 약속을 하기는 했죠. 하지만 당장 어디에 있는지도 모르고, 지금은 그게 중요한 것이 아닌 것 같은데⋯⋯."

"어디에 있는지 알아냈다."

그래서 따지려던 사무진이 입을 다물었다.

"정말요?"

"그럼."

"어디 있는데요?"

"황보세가!"

이번에는 뇌마 노인 대신 검마 노인이 대답했다.

그리고 멍한 표정을 짓고 있는 사무진에게 검마 노인이 한 마디를 덧붙였다.

"첫사랑이 보고 싶어."

*　　　　*　　　　*

"실패했다?"

보고를 듣던 호원상이 지그시 눈을 감았다.

쉽게 납득이 가지 않는 결과였다.

오랜 시간 동안 치밀하게 준비했던 계획이었기에 변수가 있을 수 없다고 생각했는데 실패라는 보고가 믿기지 않을 정도였다.

"자세히 말해보게."

잠시 멈추었던 손을 움직여 중원에서 보기 드물다는 빙설난의 손질을 계속하며 호원상이 입을 뗐다.

"마교로 인해 계획이 틀어졌다고 합니다."

"천중악이 마음을 바꾸었다? 그 정도 사리분별도 하지 못할 정도로 어리석은 자는 아니라고 생각했는데."

"그가 아닙니다."

"그가 아니다?"

군사인 요진걸이 급히 정정하는 것을 듣고서 호원상이 조심스럽게 난의 잎을 닦아내던 손길을 다시 멈추었다.

그와 동시에 그의 머릿속에 사무진이라는 이름이 떠올랐다.

천중악이 아니라면 마교라고 부를 수 있는 것은 사무진이라는 아이가 재건한 마교일 터였다.

근래 들어 그 이름이 자주 들린다는 생각과 함께 흥미가 생졌다.

"혈해혼돈 하원효와 현극무존 전격이 동행했던 걸로 알고
있는데… 그들로서도 감당하지 못할 정도로 그 아이의 마교
가 강했던가?"

"예상치 못했던 조력자가 등장했다고 합니다."

"조력자가 있었다?"

"혈마옥에 갇혀 있던 육마존이 그곳에 모습을 드러냈다고
합니다."

호원상은 당황하지 않았다.

마치 그렇게 될 것을 예상하고 있었던 사람처럼 미미하게
고개를 끄덕였다.

"그들도 그만하면 오래 참았군."

빙설난의 잎을 닦아내기 위해 들고 있던 하얀 천을 탁자 위
에 내려놓으며 호원상이 다시 눈을 감았다.

"불쌍한 자로군."

"누구를 말씀하시는 겁니까?"

"천중악 말일세. 강호를 움켜쥘 만한 힘이 손에 쥐어졌음
에도 불구하고 그는 아무것도 이루지 못했어. 그리고 결국 육
마존과의 거리도 좁히지 못했네. 평행선을 달리다 파멸해 버
리고 말았지."

"……"

"결국 그는 사람을 얻지 못했어. 만약 그가 사람의 마음을 얻는 능력만 지녔었다면 지금의 강호의 판도는 전혀 달라져 있었을 걸세."

안타깝지는 않았다.

결국 그런 천중악의 약점을 꿰뚫어보고 철저하리만큼 이용했던 것이 바로 호원상이었으니까.

그리고 미안하지도 않았다.

상대방의 약한 부분을 끝까지 물고 늘어지는 것이 강호라는 곳에서 살아남은 방법이었으니까.

"신경이 쓰이는군."

호원상이 미간을 찌푸렸다.

사무진이라는 자가 재건한 마교.

처음에는 별것이 아니라고 생각했다.

재건을 알리는 배첩을 보았을 때도 피식 웃고 말았을 정도였으니까.

처음으로 그의 신경을 거슬리게 한 것은 고루신마가 열 구의 생강시를 이끌고 찾아갔다가 생강시들을 모두 잃고 혼자서 돌아왔을 때였다.

그러나 그때도 그리 크게 마음에 두지 않았다.

본격적으로 그의 시선을 끌었던 것은 구유신도 종리원과 생사판 염혼경이 찾아갔다가 불귀의 객이 되었을 때였다.

종리원과 염혼경은 고수.

이름도 없는 자들 몇 명 죽이고 고수라고 스스로 떠벌리고 다니는 이들과는 차원이 다른 진짜 고수들이었다.

그들은 당일의 몸 상태나 운 따위에 신경 쓰지 않는 진짜 고수들.

그래서 인정할 수밖에 없었다.

자신의 안일한 생각이 잘못되었다는 것을.

게다가 이제는 육마존이 가세했다.

비록 시간이 많이 흘렀다고는 하나, 그들의 무공과 경험들이 어디로 사라지는 것은 아니었다.

육마존의 가세만으로도 충분히 주시해야 할 대상이 된 셈이었다.

"그곳에 있던 무림맹주를 포함한 정파의 무인들은 무사히 돌아갔다고 합니다."

그리고 이어진 요진걸의 말이 호원상의 화를 돋웠다.

그들을 처리하는 것이 일계의 가장 큰 목적이었는데 실패했다.

그들을 제거하는 것이 균형을 무너뜨리는 기폭제가 되었을 터인데 그것이 실패로 돌아간 이상, 그동안 치밀하게 준비했던 이계와 삼계에도 차질이 생기는 것은 자명했다.

계획들을 모두 수정하는 것이 불가피하게 된 상황이었다.

"그 녀석은 무사한가?"

"다행히 공자님은 무사히 돌아오고 계시다고 합니다."

"함께 갔던 수하들을 모두 죽이고 혼자서 빠져나오고 있다? 차라리 그놈은 거기서 뼈를 묻었어야 했어."

냉정한 한마디가 흘러나왔다.

그리고 그 말을 듣고서 요진걸이 움찔할 때, 검지손가락으로 탁자를 두드리던 호원상이 뭔가 결심을 굳힌 듯 입을 뗐다.

"마교에 대한 감시를 철저히 하도록. 그들이 어떤 움직임을 보일 때마다 하나도 빼놓지 않고 보고하도록."

"알겠습니다."

"그리고… 백사단을 움직일 준비를 하게."

"백사단을 말입니까?"

"그래. 미끼를 괜찮은 것으로 쓴다면 이번 실패는 만회할 수 있을 걸세. 조금 서둘러야겠어."

호원상의 입가로 차가운 미소가 떠올랐다 사라졌다.

第七章
황보세가

荷蘇乳蒸煎裳湯細賜其福佑平王此
至大改元四月佛洽道音廣為傳衍述
日弟子趙孟頫敬書長歷前平
老君演此真妙經竟正

共同
傳人
공동전인

약속은 약속이었다.

게다가 검마 노인의 아련한 눈빛까지 확인하고 나니 차마 가지 않겠다는 매몰찬 말은 할 수 없었다.

그러나 영 마음에 걸리는 것이 있었다.

희대의 살인마들과 육소균과 장하일의 신경전.

아니, 좀 더 냉정하게 말하면 육소균과 장하일뿐만 아니라 홍연민과 마도삼기까지도 노골적으로 불만을 표현하고 있었다.

혈마옥을 벗어난 후 사무진이 끌어모은 인물들 대부분과

육마존과의 세력 다툼이라고 해도 과언이 아니었다.

물론 심 노인은 제외해야겠지만.

칠마존 중 말석을 차지하게 되었다는 사실로 인해 흥분 상태로 돌입한 심 노인은 반쯤 정신이 나가서 지금 무슨 일이 벌어지는 것인지도 모르는 것 같았다.

어쨌든 이대로 가만히 두었다가는 당장에라도 뭔가 사단이 일어날 것 같았다.

당연히 발길을 떼는 것이 쉽지 않았다.

"지금이 중요한 때예요."

"뭐가?"

"그러니까 할 일이 많잖아요. 마교의 분타도 세워야 되고, 또 새로운 사람들도 많이 들어왔으니까 조직도 정리해야 하고……."

"걱정하지 마라."

그래서 어떤 식으로든 해결을 하고 떠나기 위해서 사무진이 고심 끝에 핑계를 꺼냈지만 뇌마 노인에게는 전혀 통하지 않았다.

"내가 알아서 하마."

"하지만……."

"너는 검마와의 약속을 지키는 데만 신경 쓰도록 해라."

그리고 걱정이 되어서 어두운 표정을 짓고 있는 사무진에게 아무 신경 쓰지 말고 떠나라는 말도 덧붙였다.

사무진이 황보세가에 갔다가 돌아올 때쯤에는 모든 상황이 완전히 정리가 되어 있을 것이라며.

영 믿기지 않는 말이었지만 사무진은 힘없는 교주에 불과했다.

등을 떠밀려 떠날 수밖에 없었다.

"부탁인데, 싸우지 말아요."

그나마 다행인 것은 사무진의 마지막 당부를 들은 뇌마 노인이 자신있게 고개를 끄덕인 것이었다.

"휴우……."

길게 한숨을 내쉰 사무진이 머리를 움켜쥐었다.

가뜩이나 복잡하던 머릿속이 더욱 복잡해졌다.

원래 예정대로 검마 노인과 둘이서만 오붓하게 떠날 수 없었다.

그게 가능할 것이라 믿은 것이 너무 순진한 생각이었다.

사무진이 검마 노인과 황보세가로 떠난다는 이야기를 듣자마자 가장 먼저 유가연이 합류했다.

초롱초롱한 눈망울을 빛내며 유가연이 말했다.

"나도 같이 갈 거야."

"넌 왜 따라와?"

"아저씨, 바늘 가는 데 실이 가는 건 당연하잖아."

"위험할지도 몰라. 그러니까 안 따라오는 게 좋을 것 같은데."

"안 돼."

"이건 고집을 부릴 문제가 아닌데……."

"흥, 내가 아무것도 모를 줄 알아? 다 늙은 영감의 첫사랑을 찾아주러 간다는 것은 그냥 핑계잖아."

"……."

"나도 아저씨랑 함께 가야 마음이 편하겠어."

유가연은 알고 있었다.

사무진의 첫사랑이었던 요선이가 황보세가의 무인과 결혼했다는 사실을.

앙증맞은 주먹을 움켜쥐는 것으로 강력한 자신의 의지를 보여주고 있는 유가연의 동행을 허락하자 다음은 아미성녀였다.

"황보세가에는 아는 사람이 많다."

그리고 다짜고짜 꺼내는 말을 듣고, 사무진이 피식 웃었다. 현 강호의 명숙 중에 아미성녀가 모르는 이가 얼마나 있을까.

이건 사무진과 함께 동행하기 위해서 억지로 만든 핑계임이 틀림없었다.

그래서 거절하려 했지만 그게 가능할 리 없었다.

"이번 일은 왠지 위험할 것 같다. 전에 내가 약속하지 않았느냐, 항상 네 곁에서 너를 지켜줄 것이라고."

"저도 제 한 몸 지킬 정도의 능력은 있는데."

"내가 이제 살날이 얼마나 남았다고 내 발로 다니는 것도 못하게 하려 하느냐?"

벌컥 화를 내는 아미성녀를 마주하자 딱히 할 말도 없었다.

그리고 다음으로 합류한 것은 심 노인이었다.

"제가 교주님을 보필하지 않으면 어느 누가 하겠습니까?"

"진짜예요?"

"물론입니다. 전에도 말씀드렸지만 교주님과 함께 강호를 질타하는 것이 이 노복의 꿈입니다."

심 노인이 냉큼 달려와서 꺼낸 말은 이것이었다.

하지만 왠지 그 말에 진심이 담겨 있지 않은 것 같았다.

그리고 그 예상은 빗나가지 않았다.

심 노인의 진짜 본심은 검마 노인과 나누는 대화를 통해서 알 수 있었다.

"육마존과 함께 강호를 질타해 보는 것이 제 꿈이었습니다."

"더 이상 육마존이 아니네. 칠마존이네."

"아, 이렇게 꿈을 이루게 되었으니 저는 더 이상 소원이 없습니다."

사무진에게 들리지 않게 하기 위해서 귓속말을 하듯 자그마한 목소리로 꺼낸 이야기였지만, 그 말이 들리지 않을 리가 없었다. 잔뜩 상기된 표정으로 검마 노인 앞에서 아부를 떨고 있는 심 노인을 어이없는 표정으로 바라볼 때, 이번에는 서문유가 다가왔다.

"나도 간다."

"너는 또 왜?"

"전에 분명히 말했을 텐데. 네놈 곁을 떠나지 않을 것이라고."

대체 의미를 파악하기 힘든 말을 던지는 서문유의 고집을 꺾을 자신은 없었다.

그래서 하고 싶은 대로 하라는 말을 던져두고 걸어가려 할 때, 정소소가 서문유의 곁으로 다가와 팔짱을 끼었다.

"얼씨구!"

어이가 없다는 표정을 짓고 있는 사무진의 눈에 서문유의 얼굴이 붉게 달아오르는 것이 보였다.

"정 소저, 사람들이 보는데 팔짱을 끼는 건 좀."

"왜요? 내가 부끄러워요?"

"아, 아닙니다. 그럴 리가 있겠습니까?"

생글생글 웃고 있던 정소소의 표정이 순간 샐쭉하게 변했다.

그리고 그것을 확인하자마자 서문유는 당황한 표정을 감추지 못했다.

"오해입니다."

"진짜죠?"

"제가 정 소저를 얼마나 아끼는지 아시지 않습니까? 쿵쿵거리며 뛰고 있는 이 심장 소리가 들리지 않으십니까?"

안 들렸다.

며칠 전 극마 단계에 들어선 뒤, 이전과는 비교할 수 없을 정도로 귀가 밝아진 사무진이었지만 아무것도 들리지 않았다.

"들려요."

하지만 다시 생글생글 웃고 있는 정소소는 들린다고 대답했다.

"거짓말!"

그래서 참지 못하고 사무진이 한마디를 내뱉자마자 서문유와 정소소가 동시에 눈을 가늘게 뜨며 노려보았다.

"하지만 그것으로는 부족해요. 서 소협의 진심을 더 느낄 수 있게 해줘요."

"어떻게 보여 드리면 되겠소?"

"글쎄요. 서 소협이 알아서 좋은 방법으로 마음을 전해주세요."

서문유에게 알아서 하라는 말을 꺼내면서도 정소소는 손가락으로 자신의 뺨을 쿡쿡 누르고 있었다.

그리고 그 행동의 의미를 깨달은 듯 서문유가 당황한 표정을 지었다.

"여… 여기서 말입니까?"

"싫어요?"

"그건 아니지만……."

"영원히 변치 않겠다던 그 뜨겁던 고백은 벌써 식어버린 건가요?"

"아니오. 그럴 리가 있소?"

"그럼요?"

"잠시만 기다리시오."

안절부절못하던 서문유가 결심한 듯 숨을 들이켰다. 서문유가 눈을 감은 채 입술을 내밀고 다가가고 있는 것을 차마 더 바라보지 못하고 사무진이 손을 뻗었다.

그리고 사무진의 손등에 입술을 댄 채 황홀한 표정을 짓고 있는 서문유를 한심하게 바라보며 한마디를 내뱉었다.

"아주 지랄을 해요."

산동성에 있는 황보세가로 가는 여정은 육로 대신 배를 택했다.

그리고 배를 구하는 것은 어렵지 않았다.

배를 타고 갈 예정이란 말을 듣자마자 유가연은 잠시만 기다리라는 말을 남기고 어디론가 연락을 취했다.

그리고 그로부터 정확히 반나절도 지나지 않아 무림맹에 속해 있는 수로연맹 측에서 연락이 왔다.

물론 그냥 연락이 온 것은 아니었다.

수로연맹 항주 지부의 지부장이 직접 수하들을 이끌고 찾아왔다.

이렇게 모시게 되어 영광이라는 말을 몇 번이나 했고, 모두 합쳐서 일곱 명이 타고 가기에는 너무 큰 범선에 올라타게 되었다.

일행이 범선에 오르자 배를 조종하기 위해서 미리 올라타고 있던 수로연맹 측의 인물들의 시선이 쏠렸다.

하긴 지금 범선에 올라탄 인원들의 면면은 그들의 호기심을 불러일으키기에 충분할 터였다.

현 무림맹주의 하나밖에 없는 딸인 유가연과 아미파의 전대 고수인 아미성녀, 그리고 무림맹 청룡단의 부단주인 서문유까지.

그러나 그들과 함께 배에 오른 것은 마교의 교주인 사무진과 육마존 중 일인인 검마, 그리고 심 노인이었다.

절대 어울릴 수 없다고 생각하는 조합이 일행으로서 범선으로 들어서니 이들의 눈에 흥미로운 빛이 떠오르는 것은 어쩔 수 없었다.

그중에서도 가장 시선을 집중시킨 것은 사무진이었다.

그리고 그 이유는 사무진의 핏빛 눈썹이 워낙에 인상적인 것도 있었지만, 그의 곁에 팔짱을 끼고 있는 유가연과 아미성녀 때문이기도 했다.

"무림맹주의 외동딸과 마교의 교주가 서로 그렇고 그런 사이라고 하더니 그게 정말이었나 보네."

"그러게 말일세. 단순한 헛소문이라 생각했는데."

"그보다 나는 저 광경이 믿기지 않네. 세수 아흔에 찾아온 불같은 순정이라기에 헛소리라고 치부했는데 아니었나 보네."

"왠지 마교의 교주라는 저 청년이 안되어 보이는군."

처음에는 '대체 무슨 관계일까' 하는 호기심이 떠올라 있던 수로연맹의 인물들의 눈빛이 점차 안쓰러움으로 바뀌어갔다.

그러나 사무진에 대한 그들의 관심은 곧 멀어졌다. 그 이유는 정소소 때문이었다.

정소소는 미인이었다.

찬바람이 쌩쌩 불 정도로 차가운 느낌이 강해 접근하기가
쉽지 않은 그녀였지만, 요즘은 달랐다.

서문유와 사랑에 빠져서일까.

그녀의 얼굴에는 웃음이 끊이지를 않았고, 그로 인해서 늘
풍기던 차가운 느낌이 사라졌다.

천하제일미녀라 불리는 서옥령과 비교해도 전혀 손색이
없는 정소소의 웃는 얼굴은 수로연맹 인물들의 관심을 불러
일으키기에 충분했다.

"저런 대단한 미인이 있다니."

"선녀가 따로 없군."

"이번 임무를 맡기를 정말 잘했어."

"그런데 저놈은 뭐지?"

수로연맹의 인물들이 저마다 감탄을 늘어놓을 때, 정소소
의 뒤에서 서문유가 모습을 드러냈다.

그리고 서문유가 가까이 다가오자마자 정소소가 이마를
손으로 짚으며 그의 가슴에 살짝 기댔다.

"햇볕이 너무 강해요."

"잠시만 기다리시오. 내가 겉옷을 벗어 가려주겠소."

"아니오. 그럴 필요는 없어요. 서 소협이 가려주시면 되잖
아요."

"흠, 흠."

정소소가 서문유의 품속으로 파고들었다.

그리고 고양이처럼 앵앵거리며 앙탈을 부렸다.

"서 소협의 품은 너무 넓고 단단해요."

"정 소저를 위해서라면 언제라도 비워두겠소."

"사실 제가 서 소협의 고백을 받아들였던 이유는 이 넓은 가슴 때문이었어요. 이 품에 안기면 마음이 편안해지거든요."

"내 가슴은 언제까지나 정 소저만의 것이오."

"그런데 궁금한 게 하나 있어요."

"뭐든지 물으시오."

"서 소협은 제 어디가 좋았던 건가요?"

"나는… 정 소저의 모든 것이 좋았소."

잠시 고민하던 서문유가 대답했다.

하지만 정소소는 뭔가 마음에 들지 않는 듯 눈을 흘겼다.

"그런 두루뭉실한 대답은 싫어요."

"사실 나는 정 소저의 눈망울이 좋았소."

"눈망울이요?"

"호수처럼 깊고 심연 같은 그대의 눈망울을 보는 순간, 내 마음은 완전히 그대에게 기울어 버렸소."

"어머, 몰라요."

정소소가 서문유의 가슴을 두드리고 있던 두 손을 들어 부끄러운 듯 얼굴을 가렸다.

"못 봐주겠군."

"해도 해도 너무하는군."

"출항한 지 얼마 지나지도 않았는데 벌써 뱃멀미가 올 것처럼 속이 메스꺼워."

수로연맹 인물들의 인내심이 바닥났다.

닭살스런 애정 행각을 벌이고 있는 두 사람에게서 시선을 돌려 외면했다.

대신 사무진이 매섭게 째려보았다.

어떻게 저런 낯간지러운 말을 아무렇지도 않게 할 수 있을까.

당장에 달려가서 아교로 붙인 것처럼 착 달라붙어 있는 두 남녀를 떼어놓으려고 했지만 사무진보다 유가연이 빨랐다.

"아저씨."

"왜?"

끈적끈적한 목소리가 불안했다.

"아저씨는 내 어디가 좋았어?"

얘는 또 왜 이렇게 몸을 배배 꼬는 걸까.

가뜩이나 커다란 눈망울을 깜박거리며 대답을 기다리고

있는 유가연은 한껏 기대에 부풀어 있었다.

애써 그 시선을 외면하며 사무진이 대답했다.

"다른 여자들보다 작은 가슴."

"……?"

유가연의 눈빛이 차갑게 변했다.

그것을 확인하고 움찔한 사무진이 한마디를 더했다.

"농담이야. 그럼 네 배경이라고 할까?"

마지못해 대답하자 유가연의 눈빛이 더욱 차가워졌다.

하지만 그런 유가연의 눈빛보다 더 사무진의 마음을 무겁게 만든 것은 아미성녀의 눈빛이었다.

곁에서 전해지는 은근한 눈길.

얼른 고개를 돌려서 외면하려 했지만 어느새 주름으로 가득한 아미성녀의 얼굴이 눈앞에 다가와 있었다.

"왜 이러세요?"

"갑자기 궁금해졌다. 내 어디가 좋았느냐?"

좋아한 적이 없다고 말하고 싶었지만 그랬다가는 아미성녀가 너무 가슴이 아파할 것만 같았다.

그리고 아미성녀의 노안이 붉게 변하는 것을 지켜볼 정도로 사무진은 매정하지 못했다.

"좋아한다기보다는 정이 들었죠."

사무진이 서둘러 걸음을 옮겼다.

그리고 서문유와 정소소를 째려보았다.

이렇게 곤란한 상황에 처한 것이 서문유와 정소소 때문이라는 생각에 원망스런 눈초리를 보냈지만 사랑 놀음에 푹 빠져 버린 두 사람은 눈도 돌리지 않았다.

서둘러 걸음을 옮기던 사무진이 한숨을 내쉬었다.

'앞으로 얼마나 곤란한 상황에 처할까?'

꽤나 넓은 범선이라고는 하나 움직이는 것에는 한계가 있었다.

하지만 사무진이 생각했던 최악의 상황은 벌어지지 않았다.

정작 범선이 움직이며 항해가 시작된 지 반 시진도 지나지 않아서 아미성녀와 유가연은 침실에 틀어박혀서 밖으로 나오지 않았다.

그리고 그것이 뱃멀미 때문이라는 사실을 깨달은 후에야 사무진은 쌍수를 들고 만세를 불렀다.

마음 편히 밖으로 돌아다니던 사무진이 갑판에 앉아서 홀로 술잔을 기울이고 있는 검마 노인을 확인하고 곁으로 다가가 털썩 주저앉았다.

"무슨 고민이라도 있어요?"

술잔을 들고서 넘실거리는 바닷물을 바라보던 검마 노인은 사무진이 등장하자 말없이 술잔을 내밀었다.

사무진이 사양하지 않고 잔을 비우고 술잔을 다시 건네자, 검마 노인은 그제야 대답했다.

"떨려서."

"왜요? 이제 머지않아서 첫사랑을 만날 생각을 하니까 벌써부터 떨리는 거예요?"

"그래."

"첫사랑 얘기 좀 해주세요."

사무진의 부탁을 받고 검마 노인의 두 눈이 어느새 아련하게 변해 있었다.

그리고 사양하지 않고 이야기를 꺼내기 시작했다.

"처음 만난 것은 한적한 산사였다."

"산사요? 마교의 장로가 절에도 다녔어요?"

"산사라고 해서 꼭 불공을 드리러 가는 것은 아니지. 실은 그 근처에 볼일이 있어서 마침 그곳을 지나치고 있었다. 생각보다 일이 늦어져서 조금 늦게 교로 돌아가다가 그녀를 우연히 만나게 되었지."

"예뻤어요?"

"그때 그녀는 위험한 상황에 처해 있었다. 혼자서 수십 명이나 되는 나쁜 놈들에게 쫓기는 그녀의 힘겨운 모습은 마치 천상에서 내려온 여인 같았었다."

"그래서요?"

"회공문이라는 문파에 속해 있던 놈들에게 쫓기고 있었지. 나중에 알게 된 사실이지만 그자들은 그녀가 황보세가와 관련이 있다는 사실을 알고서 사로잡아 인질로 사용하려고 했다더구나. 처음에는 그냥 지나치려고 했지만 상처를 입고 위태로워 보이는 그녀의 모습을 보니 도저히 발걸음이 떨어지지 않았다. 그래서 결국 나서서 그녀를 구해주었지."

눈앞에 그림이 그려졌다.

아름다운 여인을 노리고 달려드는 수십 명의 악한을 한 자루 검을 들고서 모두 몰살시켜 버린 후에 그녀를 구하는 검마 노인의 모습.

객잔 주루에서 자주 들리는 영웅담과 판에 박은 듯이 흡사했다.

한 가지 다른 점은 그 아름다운 여인을 구한 것이 정파에 속해 있는 강호의 영웅이 아니라 잔인하다고 알려진 마교의 인물이라는 것뿐.

"상처 입은 그녀를 차마 혼자 두고 갈 수 없어서 치료해 준 뒤 동행하게 되면서 그녀와 점점 사이가 깊어지게 되었다."

그 당시의 추억을 떠올리는 듯 검마 노인의 입가로 아련한 미소가 떠올랐다.

"그런데 당시에는 그분이 황보세가의 인물이라는 것을 몰랐어요?"

"몰랐다."

"그래요?"

"아니, 알고 있었다. 그리고 그녀도 알고 있었을 것이다, 내가 마교에 속해 있는 인물이었다는 것을."

"……?"

"다만 서로가 의식적으로 그에 관해서는 묻지 않았었다. 일부러 피했다고 하는 편이 옳겠지. 그리고 그 사이에도 우리의 사랑은 깊어만 갔지."

사무진이 희미하게 고개를 끄덕였다.

아직 검마 노인의 이야기가 끝난 것은 아니지만 어느 정도 짐작이 갔다.

검마 노인은 마교에 적을 두고 있던 반면, 오대세가 중 한 곳인 황보세가는 무림맹에 속해 있었다.

뛰어넘기에는 너무 높은 신분의 벽.

그런 상황에서 두 사람의 관계가 좀 더 발전하는 것이 쉬울리 없었다.

"문제가 생겼던 것은 그로부터 시간이 좀 더 흐른 후였다. 서로 맡고 있던 임무가 있었던 만큼 자리를 오래 비우기 곤란한 상황이라 석 달 뒤에 다시 만나기로 하고 잠시 헤어졌다. 그리고 그녀를 다시 만나게 된 것은 육호방이라는 문파에서였다. 마교는 당시 산동 쪽으로 세력을 넓히려 했었고, 그것을 위해서 육호방을 장악해 거점으로 삼으려고 했다. 하지만 황보세가도 위기감을 느끼고 육호방을 지원하기 위해 찾아왔었지. 그리고 그곳에 황보세가의 무인으로서 그녀가 있었다."

이야기만 들었음에도 눈앞에 그 당시의 광경이 그려졌다.

한 치의 양보도 허락되지 않는 전장에서 마주친 두 사람.

서로를 바라보던 심정이 어떠했을지 상상이 갔다.

"반대편에 서 있던 그녀를 바라보다 처음으로 마교를 떠날 생각을 했었다. 그 방법밖에는 없다고 생각했으니까."

사무진은 진심으로 놀랐다.

지금까지 겪은 검마 노인은 누구보다 마교를 아끼고 사랑하는 사람이었다.

그런 검마 노인이 마교를 버릴 생각까지 했다는 것이 의미하는 것은 하나였다.

그만큼 그 여인을 사랑하는 마음이 컸다는 뜻이었다.

"손속에 사정을 두려 했다. 일부러 검집에서 검을 빼내지 않고 타격만 주면서 목숨을 빼앗지 않았다. 하지만 무공의 고하 차이가 큰 상대에게는 그것이 가능했지만, 한계가 있었다. 황보세가에도 인재가 없지는 않았고, 그 당시의 나는 지금처럼 강하지 않았으니까. 그러다가 한 사내를 마주했다. 그리고 그 사내와 처음 일검을 부딪쳐 본 후 깨달았다, 둘 중 누군가 는 죽게 된다는 것을. 무려 백여 초가 넘게 접전을 펼친 끝에 나의 승리로 끝났다. 그리고 그때는 손속에 사정을 둘 여유가 없었다. 내가 휘두른 검이 그 사내의 목을 베고 지나갔을 때, 그녀의 외마디 비명 소리가 들렸다."

"……?"

"내가 목을 벤 상대가 그녀의 친오빠였다. 시신을 부여잡 고 원망 섞인 눈초리로 나를 바라보는 것을 확인한 순간 깨달 았다, 우리의 사랑은 결국 여기까지라는 사실을. 그래서 돌아 설 수밖에 없었다."

고개를 젖혀 또 한 잔의 술을 마시는 검마 노인의 눈가가 촉촉하게 젖어 있었다.

"결국 도망친 거지."

그리고 대체 무슨 말로 위로를 해야 할까 사무진이 고민할 때, 검마 노인이 먼저 말을 꺼냈다.

"그래서 난 네가 좋다."

"무슨 소리예요?"

"적어도 무책임하게 도망치지는 않으니까."

검마 노인은 유가연에 대해서 이야기하고 있었다.

뭔가 잘못 알고 있다고 변명을 꺼내려던 사무진이 검마 노인의 젖어 있는 눈가를 확인하고서 그냥 입을 다물었다.

그리고 다른 질문을 꺼냈다.

"하나 궁금한 게 있는데요."

"뭐냐?"

"예전에, 그러니까 검마 노인이 혈마옥에서 저와 함께 지냈을 때는 왜 그렇게 말을 아꼈어요?"

당시의 검마 노인은 지금과 달리 말이 별로 없었다.

먼저 말을 꺼내는 경우는 거의 없었고, 행여나 그럴 때에도 결코 두 마디 이상 길게 하지 않았었다.

그 당시의 기억이 떠올라 사무진이 질문을 꺼내자 검마 노인이 빙긋 웃으며 대답했다.

"정이 들까 두려웠었다."

주위가 어둑해질 때 시작한 술자리는 생각보다 길어졌다.

어느새 어둠은 완전히 내려앉았다.

철썩. 철썩.

희미한 달빛만이 술잔을 비추고 있었고, 찰랑이는 물결이 뱃전을 두드리는 소리만이 간간이 들리고 있었다.

사무진은 살짝 취했다.

검마 노인과 술잔을 주거니 받거니 하다 보니 어느새 갑판 바닥에 뒹굴고 있는 술병이 다섯 병이나 되었다.

이제 슬슬 일어나야겠다는 생각을 하며 정신을 차리기 위해서 사무진이 고개를 흔들 때, 검마 노인이 한참 만에 입을 뗐다.

"후회하느냐?"

무슨 뜻일까.

그 질문에 담긴 의미를 파악하지 못해 사무진이 아무런 대답도 하지 못하고 멍하니 있다가 느지막이 대답했다.

"조금요."

"역시 그랬구나."

"솔직히 말하면 아직도 실감이 안 나요."

"……"

"그러니까 지금 나와 함께 앉아서 술잔을 기울이면서 이야기를 하는 게 마교의 장로라는 사실도 믿기지 않고, 지금 선실 안에서 잠들어 있는 것이 무림맹주의 하나밖에 없는 딸과 아미파의 전대 고수라는 아미성녀님이라는 사실도 믿기지 않고… 그리고, 그리고 지금 내가 마교의 교주라는 사실도 믿기지 않아요."

소주의 뒷골목에서 남의 전낭이나 훔치던 배수였다.

물론 죽을 때까지 배수 짓을 할 생각은 아니었다.

적당한 때가 되면, 다른 일을 할 생각이었다.

장사를 하든, 농사를 짓든.

마교의 교주가 될 것이라고는 꿈에도 생각지 못했다.

그리고 지금까지의 행보는 엄밀히 따지면 사무진의 의지와는 무관하게 흘러간 면도 없지 않았다.

"그렇지만 후회만 하는 것은 아니에요."

강호란 곳은 그 당시의 사무진이 몰랐던 세상이었다.

하지만 직접 접해보니 분명히 흥미로운 곳이었다.

더구나 사무진은 이름조차 남기지 못하고 생을 마감하는 경우가 태반인 그저 그런 무인이 아니었다.

무림맹주와 차를 나누어 마시며 강호의 정세를 이야기하고, 마교의 장로와 대작하며 지나간 첫사랑 이야기를 듣는 호사를 누리는 마교의 교주였다.

"예상과는 전혀 다른 방향으로 흘러와 버린 인생이지만, 지금 내 삶도 그리 나쁜 것 같지만은 않아요."

"그리 생각한다니 다행이구나."

"……"

"하나만 더 묻도록 하마."

"뭔데요?"

"어디까지 할 생각이냐?"

이번 질문은 대답하기 무척 곤란했다.

그리고 그 질문에 대답하기 전에 먼저 확인해 둘 것이 있었다.

"나도 하나 묻죠."

"그래."

"내가 그만하고 싶다면 거기서 그만둘 수 있는 건가요?"

사무진의 질문도 무척이나 대답하기 곤란한 듯했다.

검마 노인은 한참이나 대답을 망설인 후에야 입을 뗐다.

"아마도… 쉽지는 않겠지. 너를 믿고 따르는 사람들마다 기대가 다를 테니까."

"하지만 마교의 교주는 나죠."

"그래, 그건 누구도 부인할 수 없지."

검마 노인의 대답을 들으며 사무진은 생각에 잠겼다.

원래 그에게 주어졌던 임무는 마교를 재건하는 것이 전부였다.

그리고 그런 면에서 생각해 본다면 임무는 이미 끝난 셈이었다.

현 강호에서 화제의 중심에 서 있는 그럴듯한 마교를 재건했으니까.

"이대로 그만둘 생각은 없어요. 내가 얼마나 힘겹게 만든 마교인데 여기서 그만두기는 너무 억울하거든요."

"다행이구나."

"사실 지금 그만두면 개털이거든요. 마땅히 할 일도 없고."

검마 노인이 입매를 말아올렸다.

그리고 마주 웃던 사무진이 문득 생각난 듯 다시 입을 뗐다.

"황보세가에 가는 것도 다른 이유가 있죠?"

"그건 어떻게 눈치챘느냐?"

"왜 이래요? 이래 봬도 음모와 계략의 상징인 마교의 교주예요."

"옛날에는 이렇게 똑똑하지 않았는데……."

"일부러 총명함을 드러내지 않았던 거죠."

"거짓말!"

"진짜라니까요."

"그건 감춰서 가능한 것이 아니었다."

"술이나 더 주세요."

"다 떨어졌다."

"그럼 말고요."

쏟아질 듯 수많은 별이 떠 있는 밤하늘을 천장 삼아 사무진이 갑판 위에 아무렇게나 드러누웠다.

그리고 눈을 감고 있는 사무진의 귓가로 검마 노인의 한마디가 들려왔다.

"나는 너를 믿는다."

구파일방과 오대세가 중 한 곳인 황보세가.

오랜 시간 동안 산동성의 패주로 군림해 온 황보세가인만큼 규모는 컸다.

멀찌감치 황보세가의 모습이 보일 때가 되자 심 노인은 벌써부터 입이 근질근질한 듯 보였다.

오늘은 또 어떤 망발을 날려서 장내의 분위기를 차갑게 얼어붙게 만들 것인지에 대해 호기심도 생겼지만, 사무진은 애써 그 호기심을 억눌렀다.

"오늘은 참아요."

"왜 그러십니까?"

"비밀 작전이거든요."

"⋯⋯?"

"일단 우리의 정체가 드러나면 안 돼요. 그러니까 쥐 죽은 듯이 있다가 조용히 들어가도록 해요."

"네, 알겠습니다."

황보세가의 정문 앞에서 큰소리를 치지 못한다는 것이 못내 아쉬운 기색이었지만, 심 노인은 순순히 수긍했다.

아무래도 비밀 작전이라는 말에 흥미를 느낀 듯 보였다.

그리고는 등에 걸려 있던 행낭에서 죽립을 꺼내 깊숙이 눌러썼다.

"그건 왜 써요?"

"저희의 정체가 드러나면 안 된다고 하지 않으셨습니까?"

"그랬죠."

"그래서 쓰는 겁니다. 이미 제 얼굴이 강호에 널리 알려졌으니까요. 혹시나 했는데 잘 준비했던 것 같습니다."

심 노인은 비장한 목소리로 말했지만 사무진은 어이가 없을 따름이었다.

"마교의 칠마존 중 일인인 구두쇠 심두홍 하면 모르는 자가 없습니다."

"유명해져서 좋겠네요."

"조금 피곤하기는 합니다."

사무진과 심 노인이 말도 안 되는 대화를 늘어놓는 사이, 어느새 황보세가의 정문 앞에 도착했다.

그리고 정문을 지키던 황보세가의 무인들이 다가오자 미리 상의했던 대로 아미성녀가 앞으로 나섰다.

"나는 아미성녀라고 한다."

그녀의 입에서 짤막한 한마디가 흘러나오자 의심쩍은 표정을 지은 채 다가왔던 황보세가의 무인들이 고개를 숙였다.

"가주를 만나고 싶네만."

"가주님을 뵙기를 청하신다 하셨습니까?"

"그러하네."

"무슨 일로 뵈려 하시는 겁니까?"

"개인적인 용건일세만 그런 것까지 자네들에게 밝혀야 하는가?"

"아닙니다."

쉽게 길을 열지 않고 용건을 묻던 무인들이 불편한 표정을 짓고 있는 아미성녀를 확인하고서 얼굴이 굳어졌다.

"지금 당장 가주님께 전갈을 드리겠습니다. 우선 일행 분들과 함께 안으로 드시도록 하십시오."

무인들이 길을 열었다.

그리고 아미성녀를 선두로 일행이 황보세가 안으로 들어섰다.

현재 황보세가의 가주는 황보진명이었다.

별호는 일보신권.

어릴 적부터 기재로 소문이 자자했던 황보진명은 자신의 재능을 믿고 게으름을 피우지 않았다.

덕분에 그 능력을 인정받아 불과 마흔도 되지 않은 젊은 나이에 황보세가의 가주로 임명된 뒤 약 십 년이 넘는 시간 동안 세가를 이끌고 있었다.

"오래간만에 뵙습니다."

사무진 일행이 접객당으로 안내되어 약 반 시진 정도 기다
리자 황보진명이 접객당 안으로 들어섰다.

일자로 뻗은 짙은 눈썹과 부리부리한 두 눈이 무척이나 사
내다운 느낌을 풍기는 황보진명은 포권을 취하며 아미성녀에
게 먼저 인사를 건넸다.

"그래. 오래간만일세."

그리고 가볍게 포권을 취해 인사를 받은 아미성녀의 두 눈
에 기광이 스치고 지나갔다.

"이렇게 갑작스럽게 방문하실 줄은 꿈에도 몰랐습니다. 이
렇게 아미성녀님을 모시게 되었으니 영광입니다."

"영광은 무슨. 갑자기 들러 귀찮게 만든 것이 아닌지 모르
겠네."

"그런 말씀은 마십시오. 그런데 정말 어쩐 일로 이곳을 찾
으셨습니까?"

"우연히 이곳을 지나다 보니 갑자기 옛 생각이 나서 들렀
네. 사실 점심도 걸렀더니 허기도 지고 해서 밥이나 한 끼 얻
어먹을 심산도 있네."

"진작에 말씀하지 그러셨습니까? 지금 음식을 준비하라 일
러두겠습니다."

시비를 불러 지시한 황보진명이 그제야 아미성녀와 함께
온 일행의 면면을 살피며 관심을 드러냈다.

"함께 오신 일행 분들도 소개시켜 주시지요."

그리고 그런 황보진명의 시선이 가장 먼저 향한 것은 사무진이었다.

사무진의 붉은 눈썹은 어디서나 눈에 띌 수밖에 없었다.

"혹시 저자는 마교의……."

더구나 적미천마라 불리는 마교의 교주의 눈썹이 붉다는 것도 이미 널리 소문이 난 상황이었다.

그래서 황보진명이 의심쩍은 눈초리로 뭔가 질문을 던지려 할 때, 아미성녀가 먼저 입을 뗐다.

"손자 같은 아이네."

"네?"

"사실 여기 산동까지 온 이유는 오랫동안 알고 지낸 친구가 위독하다는 이야기를 들었기 때문이네. 다행히 늦기 전에 도착해서 그 친구의 마지막을 지킬 수 있었고, 그는 자신의 손자라며 이 아이를 부탁했네. 차마 그 부탁을 거절할 수 없어서 내가 데리고 돌아가고 있었네."

"그러셨군요. 그런데 그 눈썹은?"

"이 아이가 아직 철이 없다네. 마교 교주의 눈썹이 붉다는 이야기를 듣고 염색을 했다고 하더군. 요즘 이게 유행이라고 하던데."

희미한 웃음을 지은 채 아미성녀가 꺼낸 말을 듣고서 그제야 이해한 듯 황보진명이 고개를 끄덕였다.

그리고 이번에는 사무진의 곁에 죽립을 깊숙이 눌러쓰고 있는 심 노인을 향해 시선을 던졌다.

"저분은 왜 실내에 들어와서까지 저렇게 죽립을 눌러쓰고 있습니까?"

"글쎄, 나도 모르겠군. 그만 죽립을 벗도록 하게."

아미성녀의 말이 떨어지자 심 노인이 당황했다.

그래서 사무진에게 귓속말을 했다.

"이제 어떻게 합니까?"

"그냥 벗어요."

"벗어도 되겠습니까?"

"안 될 것이 뭐 있어요?"

"비밀 작전이라고 하지 않았습니까?"

"그랬죠."

"그런데 이 죽립을 벗으면 제 정체가 드러나지 않겠습니까?"

"걱정도 팔자네요."

심 노인은 여전히 착각하고 있었다.

자신이 얼굴이 널리 알려진 강호의 유명인사 중 한 명이라고. 심 노인이 마지못해 죽립을 벗었다.

"누굽니까?"

그리고 심 노인의 걱정은 역시 기우였다.

황보진명은 심 노인이 죽립을 벗었지만 누군지 전혀 알아보지 못했다.

"그는 역시 이번에 함께한 자로 저 아이의 집에서 허드렛일을 했었네. 저 아이와 도저히 떨어질 수 없다고 고집을 부려서 어쩔 수 없이 데려가고 있다네."

심 노인은 순식간에 사무진의 종복으로 변했다.

그리고 그때, 시비가 다가와 황보진명에게 식사 준비가 되었음을 알렸다.

"남은 이야기는 식사를 하면서 나누도록 하시지요."

황보진명의 뒤를 따라 일행이 식사가 준비된 곳으로 움직였다.

第八章
첫사랑

荷蒸乳蒸萢棄陽細煬芝福佑弟子王

至大改元四月佛浴道吉廣為傳行譚

日弟子趙孟頫敬書長座前手

老君演此真妙经意正

共同
傳人
공동전인

"차린 것은 얼마 없지만 많이 드시기 바랍니다."

황보진명의 말은 괜히 하는 말이었다.

상다리가 부러질 정도로 수많은 음식들이 놓여 있었다.

푸짐하게 차려진 음식들을 앞에 두고 사무진은 문득 육소
균이 떠올랐다.

'이 자리에 동행했다면 무척 좋아했을 텐데.'

먹음직스러워 보이는 돼지고기 볶음에 젓가락을 가져가며
사무진이 히죽 웃을 때, 아미성녀가 입을 뗐다.

"산동으로 오기 전에 철 장주를 만났네."

익숙한 손놀림으로 잉어찜의 뼈를 발라내고 있던 황보진 명이 젓가락질을 멈추고 고개를 들었다.

"마성장을 이끌고 있는 철무경 장주를 말씀하시는 겁니 까?"

"그렇네. 얼마 전에 환갑을 맞이해서 잔치를 열었지."

"그것은 저도 알고 있습니다."

"철 장주가 무척이나 서운해하더군. 자신의 환갑을 축하하 기 위해 대부분의 강호문파들이 참석했는데 몇 군데 빠진 곳 이 있다면서. 내 기억으로는 황보세가도 그 자리에 참석하지 않았던 것 같네만."

아미성녀의 말이 끝나자 황보진명의 얼굴이 살짝 찡그려 졌다.

하지만 이내 편안한 표정을 지은 그가 대답을 꺼냈다.

"당시에 자그마한 문제가 생겼습니다. 세가 내의 문제라 밝히기는 어렵지만 그 문제로 인해서 찾아갈 수 없었습니 다."

"그랬었나?"

"그래도 철 장주에게는 미안한 마음이 남아 있으니 늦게나 마 축하의 말과 함께 자그마한 선물을 전할 생각입니다."

대답을 마친 황보진명이 잉어찜으로 젓가락을 가져갈 때, 고개를 끄덕이던 아미성녀가 다시 입을 뗐다.

"수경이가 돌아왔다는 소식을 들었네만… 사실인가?"

"사실입니다."

"식사를 마친 후에 한번 만나고 싶은데 괜찮은가?"

"그야 어려운 일이 아니지만… 특별히 만나시려고 하는 이유가 있습니까?"

"어릴 적에 그 아이를 무척 귀여워했었다네."

"……."

"어려운 일을 겪고 많이 힘들어했다는 이야기를 들었네. 여기까지 온 김에 얼굴이라도 보고 좀 다독여 주려고 그러네."

황보진명의 얼굴에 왠지 내키지 않는다는 표정이 떠올랐다.

하지만 거절하기도 힘들다고 생각한 듯, 웃음을 지은 채 입을 뗐다.

"그렇게 하시지요."

"고맙네."

"그럼 한 가지만 부탁드리겠습니다. 비록 이곳으로 돌아왔다 하나 아직 예전의 상처에서 완전히 벗어나지 못했습니다. 가능하다면 예전 그 일에 대해서는 직접적으로 언급하지 않아 주셨으면 좋겠습니다."

"약속하지."

아미성녀의 대답을 듣고서야 안심한 표정을 지은 황보진 명이 왼손에 들고 있던 젓가락을 탁자 위에 내려놓았다.

"그럼 천천히들 드십시오. 저는 세가 내에 갑자기 급한 일 이 생겨서……."

쐐애액.

황보진명이 핑계를 대며 자리에서 일어나려 할 때였다.

아미성녀가 손에 들고 있던 나무젓가락을 갑자기 황보진 명을 향해 날렸다.

비수가 아니라 나무젓가락에 불과했지만 예고도 없이 날 아든 젓가락의 속도는 거의 보이지 않을 정도로 빨랐다.

더구나 아미파의 절기인 이지선의 묘용까지 담겨 있어 더 욱 위력이 배가된 나무젓가락이 날아드는 것을 확인한 황보 진명의 얼굴이 무섭게 굳어졌다.

하지만 그도 일찍이 기재라 불리며 현재 황보세가의 가주 로 그 능력을 인정받고 있는 자였다.

왼쪽 관자놀이 어림으로 파고들고 있는 나무젓가락을 향 해 망설이지 않고 오른손을 뻗었다.

그러자 나무젓가락은 마치 자석처럼 그가 들어 올린 오른 손으로 빨려 들어갔다.

"이게 무슨?"

금나수를 펼쳐 나무젓가락을 낚아챈 황보진명은 불쾌한

기색을 감추지 않았다.

"대체 왜 이런 살수를 펼치는 것이오?"

그리고 예고도 없이 나무젓가락을 날린 것에 대해 언성을 높여 따졌지만, 아미성녀는 미안한 기색조차 없었다.

"오해일세."

"그게 무슨 말입니까?"

"뒤를 보게!"

착 가라앉아 있는 아미성녀의 이야기를 듣고 황보진명이 뒤를 돌아보았다.

그런 그의 눈에 검지 손톱보다 조금 작은 흑거미가 들어왔다.

"저 거미를 잡으려 했는데 놀라게 했다면 사과하겠네."

황보진명이 오른손에 잡혀 있는 나무젓가락과 벽에 찰싹 달라붙어 움직이지 않는 흑거미를 번갈아 보았다.

그리고 그는 결국 고개를 끄덕였다.

나무젓가락에 실린 속도와 위력이 대단해서 경시하지 못하고 금나수를 펼쳐 낚아챘지만, 만약 그가 원래 앉아 있던 자리에서 움직이지 않았다면 아미성녀가 날렸던 나무젓가락은 아무런 위해도 끼치지 않았을 터였다.

그의 왼쪽 관자놀이 어림을 스치고 지나간 나무젓가락의 궤적은 저 흑거미의 등을 꿰뚫었을 것임을 의심할 수 없었다.

"맹독을 지닌 것처럼 보이지는 않지만 충분히 사람을 상하게 할 수 있는 거미라는 생각이 들어 나도 모르게 손을 썼네. 미안하네."

"아닙니다. 그럼 저는 이만 일어나겠습니다."

억지로 노기를 가라앉힌 황보진명이 결국 먼저 몸을 일으켰다.

슈아악.

그리고 그런 그가 왼손을 떨쳐 날린 나무젓가락이 벽에 달라붙어 있던 흑거미를 꿰뚫으며 벽에 틀어박혔다.

"그는 황보진명이 아니다."

"무슨 소리예요?"

"그는 가짜다."

아미성녀는 확신에 찬 목소리로 단언했다.

하지만 사무진은 그 말이 선뜻 이해가 가지 않았다.

그리고 그것은 서문유도 마찬가지인 듯했다.

"예전에 기회가 닿아 무림맹을 찾아오셨던 황보진명 대협을 뵌 적이 있습니다. 그리고 제 기억으로는 그 당시에 뵈었던 분과 같은 분이 틀림없는 듯 보입니다."

"틀림없이 그는 가짜다."

전에 만났던 황보진명의 얼굴을 기억하고 있는 서문유가

이의를 제기했지만 아미성녀는 고개를 흔들었다.

그것을 확인한 사무진이 다시 질문을 던졌다.

"혹시 전에 만났던 적이 있어요?"

"만난 적이 없다."

"그런데요?"

"그것이 그가 가짜라는 첫 번째 증거지."

"뭔 소리야?"

툴툴거리던 사무진이 잠시 뒤 눈을 껌벅였다.

갑자기 기억이 떠올랐다.

아미성녀를 처음 만났을 때 황보진명이 꺼내던 인사말이.

그는 분명 '처음 뵙습니다'가 아니라 '오래간만에 뵙습니다'라고 했었다.

그리고 그것을 깨닫자 지금 아미성녀가 꺼낸 말이 이해가 갔다.

"수상하기는 하네요."

하지만 그 이유 하나만으로 상대를 완전히 의심하는 것은 어렵다는 생각이 들었다.

"그냥 착각을 한 걸 수도 있잖아요."

"그래, 그럴 수도 있지."

"……?"

"하지만 두 번째 증거가 있다."

"뭔데요?"

"아까 나무젓가락을 던졌을 때 그가 보인 반응이 바로 두 번째 증거다."

사무진이 호기심을 드러냈다.

여전히 이해하기 어려운 말.

사실 사무진도 아미성녀가 식사를 하던 도중 황보진명을 향해 갑자기 젓가락을 날렸을 때 무척 놀랐다.

드디어 노망이 났구나 하는 생각까지 했으니까.

황보진명이 아니라 벽에 붙어 있던 흑거미를 노렸다는 변명은 그럴듯했지만, 뭔가 미심쩍다는 생각은 했었다.

"일부러 나무젓가락을 날렸군요?"

"그래."

"왜요?"

"황보진명은 왼손을 주로 사용한다고 알려져 있다."

그리고 아미성녀가 꺼낸 말을 듣고서 사무진은 다시 고개를 갸웃했다.

황보진명은 식사를 하는 내내 왼손에 젓가락을 쥔 채로 움직였다.

"젓가락질을 왼손으로 하기는 했죠."

"그래. 하지만 내가 날린 나무젓가락을 낚아챈 것은 오른손이었다."

아미성녀의 말이 맞았다.

분명히 황보진명은 왼손이 아니라 오른손으로 금나수를 펼쳐서 날아들던 나무젓가락을 낚아챘다.

그러나 그것만으로 그가 가짜라고 단정하는 것은 무리가 있었다.

보통의 무인들은 양손을 고루 사용하는 훈련을 하는 법이니까.

"내가 던진 나무젓가락이 날아든 방향은 그의 왼쪽 관자놀이 부근이었다."

"그런데요?"

"왼손을 들어 올려서 나무젓가락을 낚아채는 것이 더 자연스러운 반응이지."

"듣고 보니 그러네요."

"게다가 내가 던진 나무젓가락은 황보진명이 위험을 느낄 정도로 무척이나 빠르게 쇄도했다. 그럴 경우에는 본능적으로 익숙하고 자신이 있는 손을 사용하는 법이다."

"그럴듯한데요."

사무진이 마침내 고개를 끄덕였다.

아미성녀의 말을 모두 듣고 나니 황보진명이 진짜가 아니라 가짜라는 생각이 들었다.

"황보진명이 근래 들어서 대외 활동이 거의 사라졌다 싶을 정도로 줄어든 이유도 여기에 있을 것이다."

"가짜라서?"

"그래, 역용술을 사용해서 외양은 진짜 황보진명과 거의 흡사하지만 모든 것을 완벽하게 따라할 수는 없다."

"……."

"한 사람의 인생은 그리 가볍지 않으니까."

아미성녀의 말이 옳았다.

역용술이나 인피면구를 통해 겉모습을 비슷하게 만드는 것은 가능하겠지만 그 사람의 인생마저 통째로 빼앗는 것은 어렵다.

평생을 통해 쌓아온 인간관계와 경험, 기억, 그리고 습관까지 완벽하게 빼앗는 것은 불가능한 일이다.

어딘가에서는 허점을 드러내게 마련이었고, 그 허점을 최대한 줄이기 위해 대외 활동을 줄인 것이었다.

"그럼 황보세가의 인물들이 모두 가짜 가주에게 속고 있다는 뜻이로군요."

"글쎄다."

사무진은 '그래'라는 대답이 흘러나올 것이라 예상했지만 아미성녀는 긍정도 부정도 아닌 애매한 대답을 꺼냈다.

"만약에… 누군가 역용술을 펼쳐 나와 흡사하게 모습을 바꾸고 네 앞에 나타난다면 눈치챌 수 있겠느냐?"

"그야 당연하죠."

"어떻게 할 수 있느냐?"

"그야 자주 봤으니까요."

사무진이 흠칫했다.

자신있게 대답하는 그를 보는 아미성녀의 뺨이 홍조를 띠고 있었다.

그제야 실수를 깨달은 사무진이 서둘러 한마디를 덧붙였다.

"그러니까 우리는 가족 같은 사이잖아요."

"가족이라?"

하지만 오히려 역효과만 생겼다.

가족이란 단어를 곱씹고 있는 아미성녀의 눈빛은 끈적끈적하게 변해 있었다.

"또 혼자서 뭔가 이상한 생각을 하는가 본데 어디까지나 우리 사이는 친조손 같은 사이라니까요."

"부끄러워할 필요 없다, 네 마음은 충분히 알았으니까."

"그게 아니라니까요."

더 말해봤자 소용이 없다는 생각이 들어서 사무진이 입을 다물자 아미성녀가 다시 입을 뗐다.

"네 말대로 가족이라면 알아챌 수 있지 않을까?"

"그야 그렇겠죠."

"사소한 습관이나 자그마한 특징까지도 알고 있는 가족들이라면 황보진명이 가짜라는 것을 알아챘을 것이다. 그런데도 그에 관한 이야기가 전혀 밖으로 새어 나오지 않았다는 것이 의미하는 것은 무엇일까?"

아미성녀의 질문에 사무진이 대답했다.

"협박!"

하지만 아미성녀는 틀렸다는 듯이 고개를 혼들었다.

"가족이라면 아무리 협박을 받았더라도 아무런 말도 않고 가만히 있진 않을 것이다. 그게 가족이니까."

"그럼요?"

"아직 확실하지는 않지만 황보진명이 바뀌었다는 사실을 눈치챌 정도로 가까운 가족들까지 통째로 바꿔치기를 했을 가능성도 충분하지."

아미성녀의 말대로 가능성은 충분했다.

그리고 사무진은 갑자기 한기를 느꼈다.

만약 아미성녀의 예상이 틀리지 않았다면, 진짜 황보진명과 그의 가족들은 어떻게 되었을까?

이미 죽었을 가능성도 충분했다.

그래서 사무진이 움찔하며 몸을 가늘게 떨 때, 아미성녀가 잔뜩 굳은 표정으로 입을 뗐다.

"그리고 이제부터 그에 대해서 알아볼 생각이다."

"너무 긴장한 것 아니에요?"

"······."

"말도 못할 정도로 긴장하고 있는 거예요?"

"······."

"억지로라도 웃어요. 첫사랑이셨던 분이 무서워할지도 몰라요."

함께 지낸 시간이 꽤 되었지만 검마 노인이 이렇게 긴장한 모습을 사무진은 결단코 본 적이 없었다.

사무진의 말을 듣고서 고개를 끄덕이며 억지로 입매를 말아올렸지만 웃는 것처럼 보이지는 않았다.

드르륵.

황보수경이 머물고 있다는 방문을 아미성녀가 열어젖히자, 억지로 말아올렸던 입매가 다시 딱딱하게 굳어졌다.

얼굴을 마주 볼 자신이 없는 듯 고개를 푹 숙이고 있는 검마 노인 대신 사무진이 먼저 황보수경을 확인했다.

황보진명보다도 세 살이 많은 누이라고 했으니 거의 환갑에 가까운 황보수경이었지만, 실제로 마주한 그녀는 마흔 중반 정도로밖에 보이지 않았다.

눈에 확 띌 정도로 대단한 미모는 아니었지만, 단아한 이목구비와 부드러운 눈빛에서는 기품이 느껴졌다.

물론 세월의 흐름을 비껴갈 수는 없었기에 눈가에는 주름이 있고, 흰머리도 듬성듬성 보였지만 여전히 아름다움이 남아 있었다.

"이렇게 찾아주셔서 감사합니다."

그런 그녀가 아미성녀에게 고개를 숙이며 인사를 했다.

왠지 긴장감이 묻어 있는 가늘게 떨리는 그녀의 목소리를 들으며 아미성녀는 차분한 눈빛으로 응시했다.

"오랜만이구나. 어릴 적에 잠깐 보았던 것이 다였는데 시간이 많이 흘렀어. 네가 이렇게 변했구나."

아미성녀가 고개를 끄덕이며 대답했다.

그때, 검마 노인이 처음으로 고개를 들었다.

"오래간만이오."

긴장 때문인지 검마 노인의 목소리가 가늘게 떨렸다.

그리고 그녀의 반응을 기다리던 검마 노인의 두 눈이 흔들렸다.

"누구신가요?"

황보수경의 목소리는 차가웠다.

"나는… 나는……."

"처음 뵙는 것 같습니다만……."

여전히 차가운 목소리.

"모른 척하는 것이오?"

"정말 모르겠습니다."

황보수경을 바라보던 검마 노인의 눈빛이 변했다.

그리고 길게 한숨을 내쉰 후 나직하게 입을 뗐다.

"천련지약!"

"네?"

"나와 당신이 했던 약속. 천련지약을 기억하지 못한다는 말이오?"

아련함과 죄스러움이 담겨 있던 눈빛에서 삭막함이 풍기기 시작했다.

그리고 그 삭막함은 곧 살기로 바뀌었다.

"역시 그랬나?"

여전히 목소리는 가늘게 떨리고 있었지만 북해의 서릿발처럼 차가움이 담겼다.

그런 검마 노인을 보던 사무진이 움찔했다.

지독한 살기.

이미 살기에는 익숙해질 대로 익숙해진 사무진이었다.

하지만 이번만은 달랐다.

진짜 살기였다.

등골이 서늘해지며 소름이 돋을 정도의.

사무진이 당황할 때 아미성녀가 고개를 돌렸다.

그리고 검마 노인을 바라보며 희미하게 고개를 흔들었다.

그 뜻이 전해졌을까.

검마 노인에게서 뿜어지고 있던 지독한 살기가 씻은 듯이 사라졌다.

그제야 안심한 표정을 지은 아미성녀가 황보수경에게 말했다.

"생각보다 건강해 보여서 다행이구나."

"걱정해 주신 덕분입니다."

"하지만 아직 얼굴이 창백한 것이 안심하기에는 이르다. 모든 것을 잊고서 몸을 추스르는 데만 신경을 쓰거라."

당부를 남긴 아미성녀가 고개를 숙이는 황보수경을 뒤로한 채 방을 빠져나왔다.

마지막까지 시선을 떼지 못하고 황보수경을 바라보던 검마 노인이 결국 몸을 돌려 아미성녀의 뒤를 따랐다.

아무런 말도 없이 묵묵히 걸음을 옮기던 검마 노인이 아미성녀와 시선을 부딪쳤다.

"처음에는 일부러 내게 쌀쌀하게 대하는 것이라 생각했소. 하지만 아무래도 그것이 아닌 듯 보이오. 그녀도 가짜요."

아미성녀가 부인하지 않고 고개를 끄덕였다.

그와 동시에 다시 검마 노인에게서 진득한 살기가 뿜어져 나오기 시작했다.

"괜찮아요?"

걱정스런 표정을 지은 채 사무진이 던진 질문에 검마 노인은 고개를 흔들었다.

"만약 그녀에게 무슨 일이 생겼다면… 용서하지 않을 생각이다. 이런 일을 벌인 놈들은 지옥 끝까지라도 가서 찾아낼 것이다. 그리고 한 점 한 점 살점을 발라내고 뼈란 뼈는 하나씩 추려내서 모조리 바스러뜨리겠다."

"……."

"두 번은 도망치지 않을 생각이다."

스산한 목소리가 검마 노인의 분노를 드러냈다.

"아직 살아 있을지도 모르잖아요."

"그래."

"힘들다는 것은 알아요."

"……."

"첫사랑이니까요. 절대 잊을 수 없죠. 더구나 이뤄지지 않았다면 더욱더."

"첫사랑이니까."

"그렇지만 일단은 그분이 살아 있는지를 확인하는 것이 우선이에요. 흥분하는 것은 그다음이에요."

사무진의 말을 듣고서 검마 노인이 지그시 입술을 깨물었다.

그리고 그때, 아미성녀가 끼어들었다.

"현재로서 시급한 것은 두 가지다. 하나는 대체 어느 선까지 가짜로 바뀌었는지를 확인하는 것이고 다른 하나는 가짜가 아닌 진짜 인물들의 생사를 확인하는 것이지. 만약 살아 있다면 어딘가에 갇혀 있을 것이다."

아미성녀의 말은 옳았다.

하지만 문제는 두 가지 모두 쉽지 않다는 것이다.

황보세가 안에 조력자가 있다면 쉽게 풀릴 수도 있겠지만, 마땅한 인물이 없었다.

그래서 사무진이 고민할 때, 아미성녀와 시선이 부딪쳤다.

그리고 시선이 부딪치자마자 불길했다.

"왜 그래요?"

"……."

"설마… 그건 아니죠?"

불안한 목소리로 사무진이 물었지만, 아미성녀는 결국 고개를 흔들어 부인하지 않았다.

대신 미안한 표정을 지은 채 대답했다.

"지금으로서는 다른 방법이 없다."

"하지만……."

"시간이 많지 않기에 어쩔 수 없이 부탁할 수밖에 없구나."

아미성녀를 바라보던 사무진이 고개를 돌렸다.

그리고 초조한 눈빛으로 서 있는 검마 노인을 확인하고서
한숨을 내쉬었다.

"알았어요. 만나면 되잖아요."

어쩔 수 없이 승낙하자 검마 노인이 안도했다.

"아까 뭐라고 했던 것 미안해요."

"……?"

"생각보다 많이 떨리네요."

"첫사랑이니까."

"그래요. 첫사랑이니까."

사무진을 바라보는 검마 노인의 두 눈에 고마운 빛이 담겼
다.

                    *   *   *

"멍청한 놈!"

사도맹의 군사로서 이번에 마성장에서 무림맹주를 비롯한
정파의 주요 인물들을 한꺼번에 쓸어버리려 했던 일계를 하
나부터 열까지 준비했던 것은 요진걸이었다.

그런 그가 욕하고 있는 것은 호중천이었다.

호중천의 보고대로라면 이번 일계가 틀어져 버린 것은 예

상치 못했던 육마존의 등장 때문이었다.

그리고 그것이 완전히 틀린 보고는 아니었지만, 그 과정에서 보여준 호중천의 결단력은 실망감을 안겨주기에 충분했다.

호중천이 이끌고 간 것은 사도맹 본맹의 정예무사 삼백이었다.

게다가 사도맹 서열 사위와 칠위에 올라 있던 절대고수인 혈해혼돈 하원효와 현극무존 전격도 함께 움직였다.

하지만 돌아올 때, 호중천은 불과 서른도 안 되는 패잔병들과 함께였다.

엄청난 희생.

그러나 그만한 희생을 치렀음에도 그가 거둔 성과는 아무것도 없었다.

아무리 육마존이 예상치 못한 상황에 나타났다고 하더라도 아무런 성과도 없이 돌아와서는 안 되었다.

하원효와 전격, 그리고 사도맹의 정예무인 삼백으로도 이길 수 없던 상황이었다는 이유로 탓하는 것이 아니다.

상황이 그렇게 변했다는 것을 깨달았다면 발빠르게 대처했어야 했다.

그들의 희생을 발판으로 시간을 벌었어야 했다.

그리고 그사이, 산공독에 중독된 정파의 주요 인물들을 죽였어야 했다.

하다못해 무림맹주인 유정생이라도 죽이고 돌아왔다면 절대 탓하지 않았을 텐데.

아무것도 얻지 못하고 빈손으로 돌아온 주제에 미안한 기색도 없이 피식 웃고 있던 그 뻔뻔한 얼굴을 떠올리자 다시 분이 치밀어 올랐다.

"어차피 버린 패니까."

한숨을 내쉰 요진걸이 찻잔을 들어 목을 축이며 흥분을 가라앉혔다.

돌아온 호중천을 보며 호원상은 웃었다.

멍청한 호중천은 그 웃음의 의미를 파악하지 못했지만, 요진걸은 아니었다.

지난 수십 년간 곁에서 지켜본 호원상은 무서운 자였다.

웃는 얼굴로 상대의 심장에 비수를 꽂을 수 있는 자.

누구보다 맺고 끊는 것이 명확한 자.

그것이 호원상이었다.

그리고 그는 이미 호중천을 버리기로 결심했기에 웃어준 것이었다.

"지금 전서가 도착했습니다."

"가져오라."

손에 들고 있던 찻잔을 내려놓은 요진걸이 수하가 급히 가져온 전서구를 펼쳤다.

마음의 안정을 찾아서일까.

잔잔한 웃음을 지은 채 전서구를 살피던 요진걸의 얼굴이
순식간에 굳어졌다.

와락.

지급은 긴급을 요하는 전서구.

전서구를 거칠게 구기며 요진걸이 자리에서 일어났다.

비서각 요원 이백이십오 명 정기 연락 두절.

현재 상황 파악을 위해 움직이고 있음.

죽은 것으로 추정됨.

전서구 위에는 휘갈겨 쓴 세 줄의 문장만이 적혀 있었다.

하지만 그 내용은 요진걸을 충격으로 몰아넣기에 충분했
다.

비서각 요원들은 사도맹의 눈과 귀 역할을 하는 자들이었
다.

요진걸이 평생을 공들여 만들어놓은 비밀 정보 조직.

강호 전역에 뿔뿔이 흩어져 신분을 위장한 채 살아가며
정보를 수집하는 것이 사도맹 내 비서각 요원들의 역할이었
다.

그런데 지난 시간 동안 충실하게 그 역할을 수행해 오던 비서각 요원들의 연락이 두절되었다니.

"당장 지금으로 전서구를 날려라."

"네?"

"상황 파악을 위해 움직이는 것을 전면 중지하도록 지시해."

"네, 알겠습니다."

요진걸의 목소리에 담긴 다급함을 느끼고 눈치 빠른 수하가 재빨리 움직이는 것을 확인한 그의 두 눈에 초조함이 깃들었다.

비서각 요원들이 신분을 감춘 채 세상 속에 묻혀 산 시간이 워낙 길었기에 그들은 절대 안전하다고 믿고 있었다.

그래서 요진걸은 더욱 당황했다.

비서각 요원들의 수는 모두 오백여 명.

그중 절반에 가까운 요원들이 동시에 연락이 두절된 셈이었다.

개개인의 사정으로 인해서 정기 연락이 끊긴 것이라 생각하기에는 연락이 두절된 요원들의 수가 너무 많았다.

"당했어!"

여전히 믿기 어려웠지만 정체가 드러났음을 인정할 수밖에 없었다.

그리고 이미 죽었다고 봐야 했다.

지금 상황을 파악하기 위해 움직이는 것은 자충수를 두는 셈이었다.

버릴 것은 과감히 버리고 미련을 갖지 말아야 했다.

"누굴까?"

심각하게 굳어진 표정의 요진걸의 머릿속에 가장 먼저 떠오른 것은 무림맹이었다.

현 강호에서 사도맹을 제외하고 이 정도 능력을 지닌 단체는 무림맹 외에는 전무하다시피 했으니 당연한 수순이었다.

"보복인가?"

마성장주 철무경의 환갑 잔치에서 자신이 직접 세웠던 계략으로 인해서 무림맹주와 정파무인들은 위험에 처했었다.

예상치 못한 자들의 등장으로 인해서 간신히 목숨을 건졌지만, 그날의 일을 잊을 리가 없었다.

원래 강호인이란 은은 잊어도 원은 죽을 때까지 잊지 못하는 족속들이니까.

어떤 식으로든 그날의 일에 대한 보복을 할 것이라 예상하고 있던 상황에서 벌어진 일이니 더욱 의심이 갔다.

"비서각 요원들의 정체를 절반 이상 파악하고 있었다? 그동안 무림맹의 정보력을 너무 무시했던 것을 인정해야 하는가?"

구겨 버린 전서구를 바닥에 내팽개친 요진걸이 다시 얼굴을 찡그렸다.

구 할 이상 무림맹의 소행이라 생각했지만 찝찝한 맛이 남았다.

그와 동시에 의문도 떠올랐다.

이 짧은 시간 동안 무림맹이 비서각 요원들의 정체를 파악하는 것이 과연 가능한가 하는 의문.

불가능에 가까웠다.

그렇다면 무림맹이 아닌 다른 단체가 연관이 되었을 가능성도 있었다.

"그만한 단체가 어디 있을까?"

고개를 갸웃하던 요진걸이 입술을 깨물었다.

한 군데가 있었다.

육마존이 가세한 마교!

"가능성은 충분하지."

머릿속이 복잡해졌다.

지금까지 그가 고려할 변수를 만들어낼 만한 힘을 가진 단체는 무림맹 한 곳뿐이었다.

하지만 이제는 한 곳이 더 늘어난 셈이다.

"신경이 쓰이는군."

요진걸 같은 군사에게 있어 명확하지 않은 변수가 발생하는 것은 불쾌한 일이었다.

그리고 이 모든 것은 명백한 자신의 실수였다.

무림맹의 소행이든 마교의 소행이든 간에 대처가 이렇게 신속하게 이뤄질 것을 예상치 못했던 것이 가장 큰 오산이었다.

그 대가로 사도맹은 잠시 눈이 가려지게 되는 결과를 초래했다.

"당하고 있을 수만은 없지."

요진걸의 두 눈에서 살기가 일렁였다.

＊　　＊　　＊

휘영청 보름달이 떠올랐던 밤.

오작교 아래에서 처음으로 입맞춤을 했다.

오랜 시간이 흘렀지만 그날의 일은 불과 며칠 전 일인 것처럼 아직 기억에 생생하게 남아 있었다.

이마 위를 덮고 있던 머리카락을 흩날리던 바람.

오작교 아래로 흐르던 강물에 비친 희미한 달 그림자.

터질 것처럼 뛰던 심장.

가늘게 떨리던 그녀의 속눈썹까지.

부끄러운 듯 고개를 숙여 버리던 그녀의 하얀 목덜미가 아직도 며칠 전의 일처럼 눈앞에 떠올랐다.

그리고 그때는 꿈에도 몰랐다.

그녀가 매정하게 등을 돌려 자신을 떠날 것이라고는.

원망했었다.

이유 한 번 설명하지 않고 떠나 버렸던 그녀를.

이제는 그 원망까지도 다 잊어버렸다고 생각했는데 아니었다.

다시 그녀를 만나게 된다는 생각이 들자, 가슴 한 켠에서 원망이라는 놈이 슬그머니 고개를 쳐들고 있었다.

그녀가 떠난 이유는 알고 있었다.

당시의 사무진이 형편없었기 때문이다.

그래서 훨씬 조건이 괜찮은 황보세경이라는 놈에게 떠난 것이었다.

당연한 선택일까.

어쩌면 그럴지도 몰랐다.

그녀는 꿈도 없고 계획도 없이 뒷골목에서 배수 짓을 하고 있던 사무진에게 인생을 믿고 맡길 수 없다는 결론을 내렸던 것이다.

하지만 사무진이 서운한 것은 그녀가 기회조차 주지 않았기 때문이었다.

적어도 그 결정을 내리기 전에 한 번은 기회를 주었어야 했다.

그동안 쌓았던 정을 생각해서라도.

그래서일까.

그녀가 불행했으면 하는 못난 마음이 들었다.

그래서 지금쯤 그 결정을 후회하고 있으면 좋겠다는 생각
도 들었다.

그와 동시에 그녀가 지금 변해 버린 사무진을 보고 어떤 반
응을 보일지도 궁금했다.

후회할까?

아니면 잘한 결정이었다고 웃을까?

"처음이에요."

"뭐가?"

"마교의 교주가 된 것이 후회가 되는 것은."

사무진의 말을 들었지만 검마 노인은 언짢은 기색이 아니
었다.

오히려 이해한다는 듯이 희미하게 웃음을 머금었다.

"부끄러우냐?"

"조금요."

마교를 바라보는 사람들의 인식.

한두 해에 바뀔 것이 아니었다.

착한 마교, 정정당당한 마교라고 아무리 언성을 높여 소리
친다 하더라도 뿌리 깊이 박힌 마교에 대한 나쁜 인식은 쉽사
리 바뀌지 않는 법이다.

"전에는 몰랐는데 무림맹주 자리가 무척이나 탐이 나네요."

사무진이 속내를 털어놓았다.

하지만 그것이 이루어지지 않을 바람이라는 것은 사무진이 누구보다 잘 알았다.

"네가 바꾸는 수밖에 없다."

"알아요."

"비록 시간이 많이 걸리겠지만."

"그리고 반대도 많겠죠."

"그래. 하지만 교주는 너다."

사무진이 히죽 웃었다.

하지만 긴장으로 인해서 입매가 쉽게 말려올라 가지 않았다.

그리고 사무진의 시선이 한 곳으로 고정되었다.

그녀가 보였다.

한 손에는 장바구니를 들고 다른 한 손으로는 자그마한 손을 꼭 쥔 채 천천히 걸어오고 있는 그녀를 마주한 순간, 사무진은 그대로 얼어붙어 버렸다.

검마 노인을 비롯한 이들이 모두 자리를 피했다는 사실조차 깨닫지 못한 채 멍하니 서 있었다.

서너 살 정도 되었을까.

앙증맞은 분홍색 신발을 신은 채 혼자서 걸음을 옮기는 아이를 사랑스러운 눈빛으로 바라보는 그녀를 확인하고 사무진의 시선도 그 아이에게로 향했다.

양 갈래로 머리를 딴 아이는 그녀와 닮아 있었다.

그 순간, 그 아이가 손에 쥐고 있던 사과가 바닥으로 떨어졌다.

떼구루루.

바닥을 구르던 사과가 사무진의 발치에서 멈추었다.

허리를 숙여 그 사과를 주웠다.

고개를 들자 아이가 사무진의 앞으로 다가와 있었다.

어서 사과를 돌려달라는 듯 자그마한 손바닥을 내밀고 있는 아이를 향해 고개를 끄덕이며 사과를 쥐어주었다.

"고맙습니다."

고개를 꾸벅 숙여 인사하는 아이를 웃으며 바라보던 사무진의 얼굴이 굳어졌다.

자그마한 아이의 그림자 위로 긴 그림자가 겹쳐졌다.

피하기에는 늦었다는 생각이 들어서 고개를 들었다.

그녀와 시선이 부딪치자 눈빛이 흔들렸다.

찰나의 시간이 억겁처럼 길게 느껴졌다.

하지만 그녀의 두 눈은 담담했다.

"감사합니다."

아무런 동요도 없이 인사를 건네는 그녀를 보는 순간, 사무진은 익숙하지 않은 느낌을 받았다.

이질감일까.

그녀는 변하지 않았다.

입술 위에 자리잡고 있는 자그마한 점.

웃을 때마다 희미하게 잡히는 눈가의 주름.

모든 것이 사무진의 기억 속에 남아 있는 그녀의 모습과 다르지 않았지만 왠지 모르게 익숙하지 않았다.

'가짜?'

일순 멍해졌다.

그녀마저도 가짜로 바뀌졌다는 생각이 들자, 분노가 치밀었다.

그녀는 어느새 그의 곁을 스쳐 지나가고 있었다.

참지 못하고 사무진이 벌떡 몸을 일으켰을 때, 그녀가 걸음을 멈추었다.

그리고 다시 고개를 돌려 사무진을 바라보는 그녀의 콧등에 살짝 주름이 잡혔다.

"눈썹이 왜 그래?"

"……."

"못 알아볼 뻔했잖아."

그녀의 얼굴에는 웃음이 떠올라 있었다.

여유롭게 웃고 있는 그녀를 확인하니 갑자기 긴장감이 풀렸다.

그래서 사무진도 히죽 웃음을 지을 때 아이가 입을 뗐다.

"엄마, 아는 사람이야?"

묻고 있는 아이의 콧등에도 살짝 주름이 잡혔다.

그리고 사무진은 그 아이가 꺼낸 말을 들으며 조금 전까지 느껴지던 이질감의 정체를 깨달았다.

가짜 따위가 아니었다.

사무진이 느낀 이질감의 정체는 세월이 흐르며 그녀가 변했기 때문이었다.

지금 눈앞의 그녀는 더 이상 오작교 아래에서 입맞춤을 하던 요선이가 아니었다.

한 남자의 아내였고, 한 아이의 엄마였다.

"응, 아는 사람이야."

"누군데?"

"엄마가 예전에 아주 좋아했던 사람이야."

대답하는 그녀의 목소리가 가벼웠다.

해묵은 감정 따위는 아무것도 남아 있지 않은 것처럼.

그리고 그제야 마음이 가벼워진 사무진이 웃으며 입을 뗐다.

"오랜만이야."

荷蒸乳蒸煎裹陽細賜其福佑弟于王

至大改元四月佛浴道音廣為傳符漢

日弟子趙孟順敬書長壓前……

老君演此真妙徑竟亞

"잘 모르나 본데 요즘 이게 유행이야."

"……."

"정말이야."

"엉뚱한 건 여전하네."

아삭거리는 소리를 내며 자기 얼굴 만한 크기의 사과를 힘겹게 베어먹고 있는 아이를 바라보며 그녀가 웃었다.

그런 그녀의 웃음에 여유가 넘쳐서 사무진도 마음이 편해졌다.

그제야 입안에 머금고 있는 차에서 떫은맛이 느껴졌다.

"요즘은 뭐 해?"

"바빠."

"뭐 하느라 바쁜데? 여전히 못생긴 일춘 오라버니와 함께 소주의 뒷골목을 전전하는 거야?"

"일춘이 놈이랑은 못 만난 지 오래됐어."

"매일같이 붙어 다녔었잖아?"

"앞으로 아는 척하지 말래."

"왜?"

"내가 무섭다던데."

사무진의 대답을 듣고서 그녀가 다시 픽 하고 웃음을 터뜨렸다.

"또 술 마시고 싸웠구나."

"내가 그놈보다는 원래 싸움을 잘했잖아."

"생각해 보면 그때가 참 재미있었는데."

추억을 떠올리는 듯 그녀의 목소리가 잦아들었다.

"그래, 재밌었지."

"내가 일춘 오라버니에게 아랫마을에 살던 효선이 소개시켜 줬던 것 기억나?"

"잊을 수 없지."

"소개시켜 주지 않으면 이대로 물에 빠져서 죽어버리겠다고 해서 내가 어쩔 수 없이 데리고 나갔잖아."

"처음이었어."

"뭐가?"

"일춘이 놈을 보고 도망가지 않고 그렇게 오래 앉아 있었던 여자애는."

"진짜야?"

"내가 본 여자애들 중에서 가장 착하고 인내심이 있던 애였어."

"잘될 수도 있었는데."

"그래. 일춘이 놈이 취해서 술병만 깨지 않았다면 정말 잘되었을지도 몰라."

"그런데 술병은 왜 깬 거래?"

"무서웠대."

"뭐가? 술병이?"

"아니, 효선이라는 그 여자애가. 자기를 보고도 도망가지 않는다는 사실이 갑자기 무서워졌대. 혹시 꼬리 아홉 개 달린 여우일지도 모른다는 생각이 들었대."

"정말 못 말린다니까."

그녀가 환한 웃음을 지었다.

하지만 그 웃음은 곧 흔적도 없이 사라졌다.

조금은 굳어진 얼굴로 그녀가 물었다.

"지금은 뭐 해?"

그리고 그 질문을 들으며 사무진의 얼굴에서도 웃음이 사라졌다.

질문을 들으며 직감했다.

즐거웠던 추억 속을 헤매는 것은 여기까지라는 것을.

이제부터는 그다지 즐겁지 않은 현실로 돌아와야 했다.

"마교 교주."

사무진이 대답을 꺼냈지만 그녀는 웃지도 않았다.

어이없다는 표정을 짓고 있던 그녀는 어깨를 으쓱 하는 것이 다였다.

"조금 무서운데."

아마 농담이라고 생각한 듯 그녀는 가볍게 입을 뗐다.

그리고 사무진도 애써 변명할 생각은 없었다.

"안 믿는구나."

"그야……."

"무섭지 않은 마교를 만들려고 노력 중이야."

"정말 변한 게 하나도 없구나."

"그런가?"

사무진이 쓴웃음을 지을 때, 그녀가 다시 질문했다.

"여기까지는 어쩐 일이야?"

"마교의 교주로서 찾아왔지."

"……?"

"황보세가의 가주가 가짜야."

그녀의 얼굴에서 웃음이 사라졌고 목소리도 차갑게 굳어졌다.

"지금 무슨 소리 하는 거야?"

"있는 그대로를 말하고 있어."

"그럼 설마?"

"진짜 마교 교주라니까."

놀란 기색을 감추지 않는 그녀를 향해 사무진이 담담하게 설명을 덧붙였다.

"사람은 누구나 변하게 되어 있어. 그게 자의든 타의든 말이야. 너만 변했다고 생각하는 것이 오해지."

"……?"

"그때 우리는 헤어졌어."

"그래."

"내 생각에 추억이란 놈은 마지막 모습만 남아서 눈곱만큼도 성장하지를 않아. 그래서 네 기억 속의 난 언제나 소주의 뒷골목을 전전하며 배수 짓을 하던 사무진으로 남아 있는 거지."

"진짜구나."

당황한 기색이 역력했지만, 그녀는 비명을 지르거나 도망치지는 않았다.

그리고 사무진은 그게 고마웠다.

그녀가 생각을 정리할 시간 동안 조용히 기다렸다.

아직 반도 넘게 남은 사과를 내팽개친 채 의자에 기대어 앉아 있는 아이를 바라보던 그녀가 마침내 입을 뗐다.

"소문은 들었어."

"무슨 소문?"

"너에 대한 소문."

"……?"

"솔직히 그때는 별생각이 없었어. 그냥 이름만 같은 사람이라고 생각했으니까. 정말 너일 거라고는 꿈에도 몰랐어."

어느새 담담하게 변한 그녀의 목소리를 들으며 사무진이 쓴웃음을 지었다.

"솔직히 말하면 나도 아직 내가 마교의 교주라는 것이 가끔 믿기지 않아."

"여전히 엉뚱하네."

"무섭지 않아?"

"별로."

"너 생각보다 용감한데. 마교의 교주를 눈앞에 두고도 무서워하지 않는 사람은 별로 없는데."

사무진의 이야기를 들은 그녀의 눈가에 주름이 잡혔다.

"다른 사람이 아니라 너니까."

"무슨 뜻이야?"

"적어도 네가 마교의 교주라면 나쁜 마교는 안 될 것 같거든."

"……."

"내가 알고 기억하던 너는 그런 사람이었으니까."

사무진이 고개를 끄덕였다.

이 정도면 충분하다는 생각이 들었다.

원망도, 아쉬움도 더 이상 남아 있지 않았다.

"날 믿어?"

원래 묻고 싶었던 말은 행복하냐는 것이었지만 사무진은 다른 질문을 던졌다.

그리고 고개를 끄덕이는 그녀를 보던 사무진이 다시 입을 떼었다.

"네가 이곳에 온 이후에 봐왔던 사람 중에서 이 사람이라면 무조건 믿을 수 있다고 장담할 수 있는 사람을 소개시켜 줘."

아이의 이름은 유선이라고 했다.

자그마한 아이의 손을 꼭 잡고서 멀어지는 등을 사무진이 멍하니 바라볼 때, 인기척이 느껴졌다.

그리고 코앞으로 얼굴을 들이민 것은 유가연이었다.

"저 여자야?"

왠지는 몰라도 심술이 덕지덕지 붙어 있는 얼굴로 유가연이 물었다.

"뭐가?"

"아저씨 첫사랑."

"그래. 맞아."

사무진이 순순히 대답하자 유가연이 입술을 삐죽였다.

"도저히 눈을 뗄 수가 없어?"

"그래."

순순히 고개를 끄덕였다. 그녀의 등이 작아져 더 이상 보이지 않게 되었지만 사무진은 그 방향으로 향해 있던 눈을 뗄 수가 없었다.

어쩌면 이게 마지막일지도 모른다는 생각이 들어서.

"별로인데. 나보다 안 예쁘잖아."

"너보다 예쁜데."

"말도 안 돼. 애를 낳아서 엉덩이도 펑퍼짐하게 퍼졌고 눈가에도 주름이 자글자글하던데 대체 어떻게 나보다 예쁘다는 거야?"

툴툴거리는 유가연에게 아무런 대답도 하지 않고 사무진은 멍하니 앉아 있었다.

그 모습에 더 화가 난 듯 유가연이 다시 뭔가 입을 떼려 할 때, 아미성녀가 다가와서 그녀를 막았다.

"그만하거라."

"왜요?"

"지금은 혼자 있고 싶을 테니까."

"그걸 어떻게 아세요?"

"오래 살다 보면 알게 된다."

말도 안 된다는 표정을 짓고 있던 유가연이 휙 소리가 나게 신형을 돌려 어디론가 걸어갔다.

그리고 혹시나 잡아주지 않을까 하는 기대에 한 번 고개를 돌렸던 그녀는 미동도 않는 사무진을 확인하고서 거칠게 숨을 내쉬며 사라졌다.

"고마워요."

"쫓아가지 않아도 되느냐?"

"지금은 별로 그러고 싶지 않네요."

사무진이 솔직하게 속내를 털어놓았다.

내색은 하지 않았지만 유가연이 다가와 꺼낸 말을 들으면서 짜증이 났다.

그냥 어린아이의 치기쯤으로 생각하고 넘기려 했지만 그래도 신경이 쓰이는 것은 어쩔 수가 없었다.

"까짓것 최악의 상황에는 정마대전 한번 하지요."

쓴웃음을 지은 채 사무진이 입을 떼자 아미성녀가 심각한 표정으로 대답했다.

"그때는 나도 네 편이 되어주마."

그 대답을 듣는 순간 울컥했다.

자신을 위하는 아미성녀의 마음이 느껴져서.

하지만 그래도 아흔하나라는 나이는 극복하기 너무 힘들었다.

"말이라도 고마워요."

"잊지 마라, 나는 언제나 네 편이라는 것을."

고마운 이야기.

"그런데 얼굴이 왜 이렇게 빨개져요? 또 혼자 엉큼한 생각한 건 아니죠?"

"오해다."

"몇 번이나 강조했지만 우린 그냥 순수한 관계로만 남아요."

사무진이 한숨을 내쉬었다.

오늘따라 하늘이 유난히 높고 푸르렀다.

*　　　　*　　　　*

서옥령은 눈을 감았다.

호중천이라고 했던가.

그자의 얼굴을 떠올리자 다시 온몸에 소름이 돋는 기분이었다.

그래서 기억에서 지워 버리려 했지만, 마지막 순간에 그가 남겼던 전음성이 귓가를 맴돌았다.

"조금만 기다리시오. 다음에는 함께 돌아갈 수 있을 것이오. 그리고 아버님께 안부 전해주시오."

무슨 뜻일까.

앞의 말은 단순한 헛소리라 치부한다 하더라도 마지막 말은 그냥 넘길 수 있는 말이 아니었다.

호중천은 그녀의 아버지를 마치 잘 안다는 듯이 말했다.

몇 번을 망설였다.

그리고 그녀는 결심을 했다.

단순히 미친놈의 헛소리라 치부하기에는 아무래도 마음에 걸리는 부분이 있었다.

이렇게 불편한 마음을 가지고 계속 지내느니 차라리 아버지에게 질문을 해서 매듭을 짓는 편이 낫다는 생각을 굳힌 그녀는 아버지를 찾아갔다.

무림맹 외당 당주.

권왕이라는 별호로도 유명했지만 서옥령의 아버지인 서붕

은 무림맹 외당 당주라는 직책을 맡고 있었다.

수천 명에 이르는 무림맹의 인물들을 이끌고 관리해야 하는 중책을 맡고 있었기에 서붕은 항상 바빴다.

한때는 그로 인해서 서운해한 적도 있었다.

항상 바쁜 아버지는 사랑과 관심을 받고 싶었던 나이의 서옥령의 곁에 단 한 번도 있어주지 않았으니까.

하지만 시간이 많이 흐른 지금은 오히려 그편이 다행이라는 생각이 들었다.

"어쩐 일이더냐?"

아버지의 집무실로 들어선 직후, 서옥령은 다시 한 번 느꼈다.

자신을 바라보는 아버지의 두 눈에는 부모가 자식을 바라볼 때의 애정이 담겨 있지 않다는 것을.

지금 아버지의 두 눈에 담긴 빛을 어떻게 표현해야 할까.

잠시 고민하던 서옥령은 곧 깨달았다.

진귀한 물건을 두고 흥정하는 상인의 눈빛과 흡사하다는 것을.

"확인하고 싶은 것이 있어서 찾아왔습니다."

"일단 앉거라."

그 눈빛을 마주할 자신이 없어서 고개를 떨군 채 서옥령이 자리에 앉았다.

그리고 바쁜 듯 책상 위에 쌓인 서류 더미에서 시선을 떼지 못하고 있는 서붕에게 서옥령이 입을 뗐다.

"혹시 호중천이라는 자를 아십니까?"

"호중천? 사도맹의 후계자로 내정된 자를 말하는 것이냐?"

"그렇습니다."

"그렇다면 모를 수가 없지. 너도 알다시피 아비는 무림맹의 외당 당주를 맡고 있다. 사도맹에 대해서 속속들이 알고 있는 것은 당연한 것이 아니겠느냐?"

"제가 묻고 싶은 것은 그것이 아닙니다."

"그럼?"

"개인적인 친분이 있으십니까?"

서류 더미에 시선을 둔 채 건성건성 대답하고 있던 서붕이 서옥령의 마지막 질문을 듣고서 마침내 고개를 들었다.

그리고 의외라는 눈빛을 던졌다.

"그게 갑자기 무슨 말이냐?"

"얼마 전 마성장에서 그자를 만났습니다."

"그런데?"

"그자가 전음을 날렸습니다. 아버님께 안부를 전해달라고."

"그래서 내가 호중천과 개인적으로 안다고 의심하는 것

이냐?"

"그렇습니다."

서붕은 입을 다물었다.

그리고 앞에 놓여 있는 찻잔을 들어 올렸다.

조바심과 함께 답답한 느낌이 서옥령의 마음속에 깃들었지만, 서붕은 아무것도 모른다는 듯 느긋하기만 했다.

"나는 네가 행복해졌으면 좋겠다."

긴장으로 인해 입안이 바싹 말랐을 때, 서붕이 마침내 입을 뗐다.

그리고 그 이야기를 듣고서 서옥령은 일순 머릿속이 멍해졌다.

대체 지금 이 이야기를 꺼내는 이유가 무엇일까.

아무런 상관도 없는 것처럼 느껴지는 답변을 꺼내는 서붕을 서옥령이 뚫어져라 바라볼 때였다.

"무림맹 외당 당주. 네가 알고 있는 외당 당주는 어떤 직책이냐?"

갑작스런 질문을 듣고서 서옥령이 잠시 망설이다 대답했다.

"수천 명의 무림맹 무인을 이끌어가는 중책입니다."

"그래, 틀린 대답은 아니지. 하지만 한 가지가 빠졌구나. 세상 사람들이 보는 무림맹 외당 당주라는 직책은 무림맹주의 수족에 불과하다."

"……?"

"나는 그 시선이 싫었다."

"그럼?"

"나는 단 한 번도 행복하지 않았다."

욕심이 과하다고 말하고 싶었다.

무림맹 외당 당주라는 자리는커녕 평생 무림맹의 하급 무사로 살다가 인생이 끝나는 인물들에 비하면 얼마나 행복한 것이냐고 말하고 싶었다.

하지만 일그러져 있는 서붕의 얼굴을 확인하고서 서옥령은 끝내 아무런 말도 꺼내지 못하고 입을 다물었다.

대신 서붕이 먼저 입을 열었다.

"네가 지금 무슨 생각을 하는지 짐작할 수 있다. 아마도 내 욕심이 지나칠 정도로 과하다고 생각하겠지?"

"네."

"하지만 너는 모른다, 평생을 이인자로 살아간다는 것이 얼마나 힘들고 고통스러운 일인지."

찻잔을 들어 목을 축인 서붕이 다시 입을 열었다.

"차라리 무림맹의 정문을 지키는 문지기만도 못한 자리가 무림맹 외당 당주라는 직책이다. 이유가 무엇인지 아느냐?"

"모르겠습니다."

"무림맹의 정문을 지키는 문지기에게는 무림맹주가 될 희망이 없다. 너무 까마득해서 보이지 않기에 아예 포기하게 되지. 하지만 나는 다르다. 그 자리에 금방이라도 올라설 수 있을 거라는 희망이 평생을 고문했다."

손에 잡히지 않을 정도로 막연하기만 하던 이야기들이 이번 설명을 들으며 서서히 손에 잡힐 정도로 가까워지기 시작했다.

눈에 보이기에 더욱 힘들었다는 그 말.

어렴풋이 이해가 가기 시작했다.

하지만 그로 인해서 자신을 바라보고 있는 아버지의 눈빛이 더욱 부담스럽게 느껴지기 시작했다.

"네가 나를 일인자로 만들어다오."

그리고 아버지가 꺼낸 부탁을 듣고서 서옥령의 시선이 흔들렸다.

*   *   *

"흥, 바보 같기는."

유가연은 분을 참지 못하고 거칠게 숨을 몰아쉬었다.

화를 내고 돌아서는 자신을 보고 적어도 뒤를 따라와서

잘못했다고 말할 줄 알았는데 아저씨는 끝내 나타나지 않았다.

괜히 속이 상했다.

요선이라는 여자와 마주 앉아서 담소를 나누는 아저씨를 보고 나니 아무런 이유 없이 화가 치밀었다.

그리고 아이의 손을 잡고 멀어지는 요선이라는 여자의 등을 바라보던 아저씨의 아련한 눈빛은 분명 자신에게는 한 번도 보여준 적이 없던 것이었다.

"그따위 여자가 뭐가 좋다는 거야!"

그 눈빛이 떠올라 참지 못하고 유가연이 소리를 질렀다.

"그렇게 함부로 말하지 말거라."

그 순간 유가연은 예고도 없이 갑자기 등장한 아미성녀를 확인하고 움찔했다.

아미성녀의 명성에 대해서는 그녀도 익히 알고 있었다.

무림맹주라는 직책에 올라 있는 아버지조차도 함부로 대하지 못하는 모습을 몇 번이나 봤기에 그녀도 괜히 주눅이 들었다.

그렇지만 좋아하는 것도 아니었다.

좀 더 솔직히 말하면 불만도 많았다.

아저씨 곁을 떠나지 않고 계속해서 달라붙고 있는 것도 신경이 쓰였다.

"왜요? 틀린 말을 한 것은 아니잖아요."

"무슨 뜻이냐?"

"사실 눈가에 주름도 자글자글하고 엉덩이도 나이에 걸맞지 않게 펑퍼짐하잖아요. 그렇다고 얼굴이 엄청 예쁜 것도 아니고."

"네 말대로라면 신경 쓰고 화낼 필요도 없는 것이 아니냐?"

"그거야……."

"내가 보기에도 그 아이가 너보다 더 낫더구나."

마땅히 대답할 말을 찾지 못해서 고개를 숙이고 우물쭈물하던 유가연이 반사적으로 고개를 들었다.

"어떤 점이요?"

"적어도 그 아이는 두 사람의 마음을 얻었지."

"하지만 그건……."

"다른 사람의 마음을 얻는 것은 결코 쉬운 일이 아니다. 네게 없는 것이 그 아이에게는 있다는 뜻이지."

유가연이 분한 마음에 이를 악물었다.

지금까지 원하는 것은 무엇이든 얻을 수 있었다.

그래서 아저씨의 마음을 얻는 것도 어려운 일이 아닐 거라 믿었다.

그리고 실제로도 그런 줄 알았고.

하지만 그건 오해였다.

"대체 내가 그 여자보다 뭐가 모자란데요?"

"많이 모자라지."

"왜요? 아저씨가 원한다면 나는 뭐든지 해줄 수 있어요."

"그럴까?"

"그럼요."

"아마도 어떤 부분에서는 그렇겠지."

"……"

"하지만 그걸 사 공자가 원할까?"

"……?"

"그리고 착각하지 마라. 그건 네 것이 아니다. 네가 줄 수 있다고 말한 것들은 모두 네 아버지의 것이 아니냐?"

다시 한 번 말문이 막혔다.

뭐라고 대꾸하고 싶은데 마땅히 할 말을 찾을 수가 없었다.

"남을 낮추지 말고 스스로를 높여라. 그때가 되면 사 공자의 마음을 온전히 네 것으로 얻을 수 있을 테니까."

그리고 아미성녀가 다시 뭐라고 말했지만 이미 깊이 생각에 잠겨 있던 유가연은 아무것도 듣지 못했다. 부인하고 싶었지만 틀린 말이 아니다.

그녀가 내세울 수 있는 것들 중에 온전히 그녀의 것은 없었다.

"이것이 계기가 되어서 조금은 나은 여인이 되겠지."

깊이 생각에 잠겨 있는 유가연을 바라보던 아미성녀가 혼잣말을 남긴 채 조용히 방을 벗어났다.

第十章
구두쇠 심두홍

황보세가는 총 십이각으로 이루어져 있다.

그리고 소윤철은 현재 황보세가에서 소요각주라는 직책을 맡고 있다.

세가 내의 대소사를 의논하고 결정하는 집법각이나 세가 내의 규율을 담당하는 현음각 등에 비해서 황보세가를 찾는 손님이나 식객들을 상대하는 소요각은 황보세가의 십이각 중에서도 가장 중요하지 않다고 평가받고 있다.

하지만 그럼에도 불구하고 소윤철이 소요각주를 맡은 것은 화제가 되고도 남을 정도로 큰 사건이었다.

그 이유는 소윤철이 직계가 아닌 방계 출신이기 때문이었다.

황보세가는 엄연히 핏줄로 뭉친 가문.

지금까지 세가 내의 주요 요직은 대부분 황보세가의 직계들만 맡아오는 것이 당연시되고 있었다.

그러나 소윤철은 직계가 아닌 방계임에도 불구하고, 성실함과 뛰어난 상황 대처 능력 등을 인정받아 십이각 중 하나인 소요각의 각주가 된 것이었다.

그런 소윤철이 못마땅한 표정으로 마주 앉아 있는 자를 바라보았다.

그는 이 자리가 마음에 들지 않았다.

좀 더 자세히 말하면 마교의 교주가 자신을 만나기를 청했다는 이야기를 듣고서 장난치는 것이라 여겼었다.

"정말 마교의 교주란 말이오?"

"그렇다니까요. 이 눈썹 보면 모르겠어요?"

"좋소. 그런데 마교의 교주가 왜 나를 만나자고 청했단 말이오?"

"꼭 할 말이 있어서요."

"대체 그게 뭐요?"

"그걸 지금부터 말할 생각이에요. 황보세가의 가주인 황보진명이 가짜예요."

소윤철의 두텁고 짙은 눈썹이 꿈틀했다.

그리고 참지 못하고 언성을 높였다.

"그게 대체 무슨 망언이오?"

"물론 쉽게 믿기 힘든 말이라는 것은 나도 이해해요."

"아무리 마교의 교주라 하나 황보세가 내에서 그런 망언을 늘어놓고 무사할 것이라 생각하면 오산이오."

"망언이 아니라니까요."

"그런 소리를 할 거라면 당장 나가시오!"

소리를 지르는 소윤철을 보던 사무진이 머리를 긁적였다.

그리고 대체 무슨 말을 꺼내야 할까 고민하는 찰나, 아미성녀가 등장했다.

"지나치게 흥분하는군. 황보세가의 운명이 걸려 있는 일이니 흥분을 가라앉히고 신중하게 생각하시게."

아미성녀의 목소리는 나직했다.

하지만 한 가닥 현기가 담겨 있었다.

그래서일까.

어느새 흥분을 가라앉힌 소윤철이 진중한 표정으로 입을 뗐다.

"혹시 아미성녀님이십니까?"

"맞네. 용케 날 알아보는군."

소윤철의 두 눈이 슬쩍 흔들렸다.

비록 강호에 그 명성이 널리 알려진 아미성녀였지만 그가 직접 만나본 적은 단 한 번도 없었다.

낡은 가사와 범상치 않은 기세를 보고 짐작했던 것뿐이었다.

그리고 그는 소요각주를 맡고 있었기에 강호를 떠돌고 있는 소문들도 많이 들어 알고 있었다.

그중에는 아미성녀와 마교의 젊은 교주에 대한 소문도 있었다.

'그렇다면 저자가 진짜 마교의 교주란 말인가?'

혹시나 했던 의심이 사라지자 함부로 판단할 문제가 아니라는 생각이 들었다.

그래서 그는 좀 더 자세히 들어볼 요량으로 자리를 권했다.

"우선 앉으시지요."

"그러지."

"조금 전에 마교의 교주에게서 현 세가의 가주님께서 가짜라는 이야기를 들었습니다. 그것이 사실입니까?"

"사실이네."

"이건 무척이나 중요한 사안입니다. 확실합니까?"

"증거도 있네."

단 한 치의 망설임도 없이 흘러나온 대답을 듣고서 소윤철은 입안이 바싹 마른다는 느낌을 받았다.

앞에 놓인 찻잔을 들어서 목을 축인 후 그는 조심스레 입을 뗐다.

"좀 더 자세히 말씀해 주시겠습니까?"

그의 말이 끝나자 아미성녀가 고개를 끄덕인 후 지금까지 알아낸 것에 대해서 간략하게 설명했다.

그리고 도중에 간간이 고개를 끄덕이며 듣고 있던 소윤철의 안색은 아미성녀의 이야기가 끝날 때쯤에는 창백하게 질려 있었다.

"이제 믿겠나?"

"그럴 리가……."

"믿기 힘들 거라는 것은 알고 있지만 지금 이게 현실이네. 피하려 한다면 더 큰 문제가 발생하겠지."

소윤철이 마지못해 고개를 끄덕였다.

그리고 심각한 표정으로 물었다.

"만약 이 모든 것이 사실이라면 진짜 가주님은 어떻게 되신 겁니까?"

"이미 죽었을지도 모르네."

"설마?"

"하지만 아직 살아 있을 가능성도 충분하지. 그리고 만약 지금까지 살아 있다면 사람들의 눈에 띄지 않는 곳에 갇혀 있겠지. 황보세가 내에 죄인을 가두어두는 뇌옥이 있겠지. 그 위치를 알려주게."

그제야 소윤철도 아미성녀의 의도를 모두 파악했다.

"저도 함께 가겠습니다."

"말리진 않겠네. 단, 이번 일은 진짜 황보세가의 가주를 구하는 것과 가짜 가주를 처리하는 두 가지가 동시에 병행되어야 하네."

"하지만 지금 인원으로는……."

소윤철이 난감한 표정을 지었다.

비록 십이각 중 하나인 소요각을 맡고 있는 소윤철이라 하더라도 그가 가진 힘에는 한계가 있었다.

그 두 가지 일을 한꺼번에 병행하기에는 자신이 동원할 수 있는 인원이 부족하다는 생각이 들었다.

하지만 아미성녀는 전혀 걱정하는 기색이 아니었다.

"아무 걱정 하지 말게."

"……?"

"마교의 교주는 고수라네."

소윤철은 불안한 표정을 감추지 못했다.

그런 그를 향해 사무진이 히죽 웃으며 입을 뗐다.

"천마불사, 몰라요?"

"우리 너무 대담한 것 아닌가요?"

사무진이 조금 걱정스런 표정으로 말했지만 검마 노인은 눈도 꿈쩍하지 않았다.

"아무리 그래도 명색이 황보세가의 가주인데 호위무사들도 적잖이 있을 거예요."

"상관없다."

"뭐가요?"

"앞을 막으면 모두 죽여 버리면 된다."

검마 노인의 목소리에는 살기가 잔뜩 실려 있었다.

그리고 그 이유가 무엇 때문인지 알고 있는 사무진이 입을 다물었다.

대신 심 노인이 화답했다.

"그까짓 황보세가의 놈들쯤이야 한주먹감도 안 되지요."

심 노인의 얼굴은 흥분으로 인해 잔뜩 상기되어 있었다.

"왜 이래요?"

"무슨 말씀이십니까?"

"칠마존의 말석 자리를 차지하고 나서 갑자기 너무 거만해진 것 아니에요?"

"아무 걱정 하지 마십시오. 칠마존 중 일인인 저 구두쇠 심두홍이 있으니 교주님께서는 안심하셔도 됩니다."

어떻게 안심할까?

불안했다. 심 노인이 지금 꺼내고 있는 아무 걱정도 하지 말라는 말을 듣고 나니 더욱 불안한 느낌이 들었다.

아무래도 잔뜩 흥분한 심 노인이 뭔가 대형사고를 칠 것만 같았다.

"누구냐?"

그래서 정신 좀 차리라는 말을 꺼내려 할 때, 날카로운 음성이 들려왔다.

그리고 사무진이 재빨리 앞으로 나섰다.

"기억 안 나요? 낮에 아미성녀님이랑 함께 왔던 손님인데."

"돌아가시오. 이곳은 가주님이 머무시는 곳이니까."

"실은 가주님을 잠깐 만나서 긴히 의논할 일이 있는데 안 될까요?"

"돌아가시오."

사무진의 부탁은 가볍게 거절당했다.

스릉.

그래서 사무진이 다른 이야기를 꺼내려 할 때였다.

검집에서 검이 뽑히는 소리를 듣고 사무진이 고개를 돌릴 때, 어느새 검마 노인의 신형이 쏘아져 나가고 있었다.

"어라?"

말릴 틈도 없었다.

"컥!"

"커흑!"

어둠 속에서 백광이 번쩍이고 난 다음 비명 소리가 흘러나왔다.

순식간에 네 명의 무인을 베어버린 검마 노인은 기다리지 않고 그대로 앞으로 거침없이 걸어나갔다.

"이건 뭐 말리지도 못하겠네요."

"저 압도적인 살기!"

"첫사랑이 무섭긴 하네요."

"역시 육마존님이십니다."

그 뒤를 고개를 절레절레 흔드는 사무진과 잔뜩 신이 나서 감탄성을 내뱉는 심 노인이 따랐다.

그러나 몇 걸음 떼기도 전에 다시 황보세가의 무인들이 앞을 가로막았다.

"네놈들은 누구냐? 감히 세가 내에서 이런 짓을 벌이다니. 간이 배 밖으로 나온 놈들이구나."

전각 앞을 가로막고 선 열 명 정도 되는 무인들이 검을 뺀 채 분노에 찬 일갈을 터뜨렸지만, 검마 노인은 여전히 걸음을 멈추지 않았다.

"살고 싶으면 비켜라."

스산한 목소리.

한 올의 감정도 실려 있지 않은 검마 노인의 목소리를 듣자 앞을 가로막고 있던 황보세가의 무인들이 흠칫했다.

하지만 여전히 그들은 길을 열지 않은 채 주춤거리며 뒤로 물러났다.

그 모습을 확인하고서 사무진이 나섰다.

"시키는 대로 해요. 지금 잔뜩 흥분한 상태라서 진짜 죽일 거거든요."

사무진은 진심 어린 충고를 했지만 무인들은 그 충고를 받아들이지 않았다.

황보세가 내에서 그 실력을 인정받아 가주의 호위 임무를 맡고 있는 그들은 물러서지 않고 검을 고쳐 쥐었다.

그러자 이번에는 심 노인이 나섰다.

어디선가 굴러다니는 검 하나를 주워 들고서 심 노인이 소리를 질렀다.

"여기 이분들이 누군지 아느냐? 어디서 감히 한주먹감도 안 되는 것들이 길을 막고 지랄이냐?"

검마 노인의 살기가 진득하게 실린 음성도 통하지 않았는데 악을 쓰는 심 노인의 협박이 먹힐 리 없었다.

그리고 검마 노인은 더 이상 기다려 주지 않았다.

쏜살같이 뻗어나가는 백광.

하지만 이들은 아까 죽은 자들처럼 호락호락하게 당하지

않았다.

쩌엉.

검마 노인이 휘두른 역린검이 막혔다.

그와 동시에 세 개의 검날이 떨어져 내렸지만 검마 노인은 신형을 팽이처럼 회전시키며 백광을 사방으로 뿌렸다.

쩌. 쩌. 쩌엉.

다가오던 세 개의 검날을 가볍게 튕겨낸 검마 노인이 얼굴을 굳혔다.

생각처럼 만만치 않았다.

조금 전까지 검마 노인과 검을 섞었던 네 명의 무인은 어느새 거리를 벌린 채 품자 형태로 포위하고 있었다.

"파류검진!"

그리고 그것이 황보세가가 자랑하는 검진인 파류검진임을 깨달은 검마 노인의 입가로 차가운 미소가 스치고 지나갔다.

"아까 그랬죠?"

"······?"

"한주먹감도 안 되는 놈들이라고."

"그야 물론입니다."

심 노인이 검을 들지 않은 앙상한 왼손을 들어 올려 힘껏 움켜쥐었다.

그리고 여전히 사태 파악을 하지 못하고 있는 심 노인을 바라보던 사무진이 한숨을 내쉬며 말했다.

"드디어 칠마존 중 일인인 구두쇠 심 노인의 실력을 발휘할 때가 온 것 같네요."

"그게 무슨 말씀입니까?"

"저들이 구사하는 것이 검진이잖아요, 한 명을 상대로 네 명이서 펼치는 검진."

"그런데요?"

"나한테 네 명이 온다 치면 나머지 두 명은 심 노인에게 가지 않겠어요?"

"설마요?"

"설마가 사람 잡는다는 말 몰라요?"

심 노인이 눈을 껌벅였다.

그리고 그제야 비로소 상황 파악이 된 듯 눈을 치켜떴다.

"교주님!"

"왜요?"

"잘못했습니다."

들고 있는 검조차도 무거운 듯 엉거주춤하게 아래로 늘어뜨리고 있는 심 노인은 필사적이었다.

그에 반해 사무진은 느긋했다.

"뭘요?"

"감히 교주 자리를 탐냈던 것 말입니다."

"반성하고 있어요?"

"제가 잠시 어떻게 되었던 것이 틀림없습니다."

사무진이 피식 웃었다.

"내 뒤에 바싹 달라붙어 있어요."

"알겠습니다, 교주님."

심 노인은 눈치가 있었다.

사무진이 유일한 구원줄이라는 것을 눈치챈 심 노인은 바싹 엉겨붙었다.

"차라리 업힐까요?"

"그래도 명색이 칠마존 중 일인인데 등에 업혀도 되겠어요?"

"일단 살고 봐야지요."

"역시 쉽게 죽진 않겠네요."

심 노인은 냉큼 업혔다.

그리고 장삼을 벗어서 꽉 동여매 고정시킨 사무진이 옆구리를 쿡쿡 찌르고 있는 검신을 느끼고 인상을 썼다.

"그 칼은 계속 들고 있을 생각이에요?"

"교주님께 자그마한 도움이라도 되고 싶습니다."

"그런데 왜 날 찌르고 난리예요?"

"실수로 그만. 그나저나 어찌하실 생각입니까?"

"어쩌기는요. 파류검진인가 뭔가를 펼치기 전에 박살 내버려야지요."

사무진이 히죽 웃으며 대답했다.

그리고 순식간에 얼굴에서 웃음을 지운 사무진이 소리쳤다.

"꽉 잡아요!"

"저는 교주님만 믿습니다."

심 노인의 대답을 듣기도 전에 사무진은 천지미리보를 펼쳐 이미 황보세가의 무인들 중 한 명에게로 파고들고 있었다.

"흐읍."

"흐읍."

예상을 벗어난 사무진의 빠른 움직임에 등에 업혀 있던 심 노인과 황보세가의 무인이 다급히 숨을 들이켰다.

뒤늦게 정신을 차리고 황보세가의 무인이 검을 휘두르려 했지만, 이미 둘 사이의 거리는 좁혀질 대로 좁혀진 후였다.

펑. 펑. 펑.

사내의 검이 휘둘러지기도 전에 단파삼권이 사내의 몸통에 제대로 틀어박혔다.

커흑! 하는 비명성과 함께 단파삼권을 얻어맞은 사내가 바닥으로 허물어지기도 전에 사무진은 다시 신법을 펼치고 있었다.

사무진의 주먹이 두 갈래로 갈라진 채 섬전처럼 빠져나갔다.

경천이권세.

하지만 황보세가의 무인들도 만만치 않았다.

가주를 곁에서 호위하는 인물들인만큼 그들도 쉽게 당하지 않았다.

두 팔을 교차시켜 사무진이 펼친 권력을 막으려 한 자는 예상보다 훨씬 더 강력한 권력을 감당하지 못하고 몇 걸음이나 뒷걸음질을 치다가 울컥하고 선혈을 토해냈지만, 다른 사내는 아예 뒤로 물러나 권력을 피해 버렸다.

그리고 남아 있던 네 사내가 재빨리 품자 형태로 흩어진 뒤 파류검진을 펼칠 준비를 마친 후였다.

그것을 확인한 사무진이 미간을 찌푸렸다.

"생각보다 만만치 않네요."

"그렇습니까?"

"아무래도 무리를 해야 할 것 같아요. 어쩌면 눈먼 칼 하나 정도는 심 노인한테 박힐지도 모르겠네요."

급히 숨을 들이켜는 심 노인의 몸이 긴장으로 뻣뻣하게 굳어지는 것을 느끼며 사무진이 히죽 웃었다.

그와 동시에 사무진은 거침없이 파류검진을 펼치고 있는

황보세가 무인들의 앞으로 파고들었다.

샤삭.

슈아악.

동시에 떨어져 내리고 있는 검날.

날카로운 파공성이 귓가를 어지럽히고 있었지만 사무진은 눈도 꿈쩍하지 않았다.

천지미리보를 펼치는 사무진의 신형은 어느새 희끗희끗하게 변해 있었다.

등을 움켜쥐고 있는 심 노인의 왼손에 힘이 잔뜩 들어가는 것을 느끼며 사무진이 주먹을 말아 쥐었다.

검마 노인의 급한 마음이 전해져서일까.

사무진의 마음도 덩달아 급해졌다.

그래서 오래 끌 생각은 없었다.

황보세가 무인들이 지금 펼치고 있는 파류검진은 한 명의 절대고수를 상대하기 위해서 펼치는 검진.

진기의 흐름을 깨뜨리는 검진이라고 했지만, 사무진은 자신이 있었다.

압도적인 강함으로 파류검진을 깨뜨려 버릴 자신이.

파천무극권.

맹렬한 진기의 흐름이 혈도를 타고 치닫기 시작했다.

그리고 어느새 사무진의 주먹에 파란색 강기의 덩어리가

맺혔다.

파사삭.

파란색 강기의 덩어리가 맺힌 사무진의 오른 주먹이 다가오고 있는 검날을 향해 그대로 휘둘러졌다.

그 순간, 푸른 강기의 덩어리와 부딪친 검신이 산산조각 났다.

검신의 반도 남지 않은 검을 들고서 놀라 눈을 치켜뜨고 있는 황보세가 무인의 가슴을 향해 사무진의 왼 주먹이 틀어박혔다.

그 사내가 바닥으로 허물어지자 파류검진은 순식간에 흔들렸다.

눈에 띄게 허둥대고 있는 황보세가의 무인들을 향해 사무진이 파천무극권을 펼친 채 지체하지 않고 다가갔다.

황보세가 무인들 개개인의 실력으로 사무진을 감당할 수 있을 리 없었다.

사무진이 폭풍 같은 기세로 장내를 휩쓸었다.

마지막 발악일까.

한 명의 황보세가의 무인이 무력하게 쓰러지는 틈을 이용해 남아 있던 두 명의 황보세가 무인이 검을 휘둘렀다.

그것을 놓치지 않고 재빨리 천지미리보를 펼쳐 검세의 영역을 벗어나던 사무진의 얼굴이 굳어졌다.

서걱.

날카로운 검이 피륙을 베고 지나가는 소리.

하지만 아무런 통증이 느껴지지 않았다.

그리고 뒤늦게 깨달았다.

지금 검이 베고 지나간 것이 자신이 아니라 등에 업고 있던 심 노인이라는 사실을.

"괜찮아요?"

대답이 없었다.

그리고 아플 정도로 등을 움켜쥐고 있던 심 노인의 손에서 힘이 빠져나가는 것을 느끼고 사무진이 이를 악물었다.

"그러니까 따라오지 말라니까."

좀 더 신경을 썼어야 했는데 자신의 실수였다.

오른 주먹에 맺혀 있던 푸른 강기의 덩어리가 황보세가의 무인들을 향해 날아갔다.

'절대 막을 수 없다!'

결과는 보지도 않고 사무진이 꽉 동여매고 있던 장삼을 풀어 젖혔다.

힘없이 바닥에 축 늘어진 채 죽은 사람처럼 두 눈을 꼭 감고 있는 심 노인은 왼쪽 어깨 어림이 길게 베어져 있었다.

툭. 투둑.

서둘러 혈도를 점해 사무진이 지혈을 했다.

서서히 어깨에서 흘러나오고 있는 피의 양은 줄어들었지만, 축 늘어져 있는 심 노인은 여전히 눈을 뜨지 않았다.

"그렇게 실력도 없는 양반이 왜 따라나서가지고."

"……."

"죽진 말아요. 이제 겨우 살 만해졌는데 죽으면 너무 억울하잖아요!"

걱정스런 표정을 지은 채로 사무진이 소리를 질렀지만 심 노인에게서는 아무런 대답도 돌아오지 않았다.

소요각주 소윤철의 눈빛이 싸늘하게 변했다.

비록 황보세가 내에서 직계가 아니라 방계라 하더라도 그의 직책은 십이각 중 하나인 소요각을 맡고 있었다.

"그래서 끝까지 명령을 거부할 생각이다?"

하지만 지금 그가 내린 명령은 전혀 먹혀들고 있지 않았다.

"돌아가시지요."

"돌아가라?"

"몇 번을 말씀하셔도 제 뜻은 변하지 않습니다."

"감히 네놈이 내 명령을 무시하다니. 내 이대로 가만히 넘어갈 것 같으냐? 당장 현음각에 이 사안에 대해 보고하겠다."

화를 참지 못하고 얼굴이 붉게 달아오른 소윤철이 소리를 질렀지만, 그의 앞을 막고 있는 황보제준은 전혀 동요하지 않았다.

"마음대로 하시오."

"마음대로 하라? 네놈이 정녕……."

"다만 아까도 말씀드렸지만 현재 이곳은 가주님의 명령으로 인해 누구도 출입할 수 없게 되었다는 것만 알아두시오."

황보제준의 입가로 차가운 미소가 스쳐 지나갔다.

그리고 그 미소를 확인한 소윤철이 더는 참지 못하고 허리에 걸린 검의 검병으로 손을 가져갈 때였다.

아미성녀의 주름진 손이 다가와 소윤철을 제지했다.

"흥분을 가라앉히게."

"하지만……."

"자네가 한순간의 혈기를 가라앉히지 못한다면 상황은 최악으로 치닫게 될지도 모르네. 그것을 원하는가?"

"아…닙니다."

아미성녀의 말이 끝나자 소윤철이 고개를 끄덕였다.

그제야 아미성녀가 진중한 목소리로 물었다.

"이곳이 확실한가?"

"그렇습니다. 황보세가 내의 뇌옥은 이 한 곳뿐입니다."

"평소에도 이렇게까지 경계가 삼엄한가?"

"아닙니다. 명색이 뇌옥이라고는 하나 이곳에 갇혀 있는 자가 거의 없는 만큼 지키는 자 또한 거의 없었습니다."

"그런데 갑자기 경계가 삼엄해졌다는 소리로군."

"이유가 있겠지요."

"살아 있을 가능성이 더 높다는 뜻이니 나쁠 것은 없지. 다만 그렇기에 더욱 신중해야 하네. 단 한 번의 실수가 있다면 그들의 생명이 위험해질지도 모르니 말일세."

잠시 밝아졌던 소윤철의 표정이 긴장으로 인해 다시 굳어졌다.

"어찌할 생각이십니까?"

"다른 방법이 없지 않나?"

"그럼 역시?"

"힘으로 뚫고 지나가야겠지."

소윤철을 향해 대답한 아미성녀가 고개를 돌렸다.

그리고 그가 이끌고 온 수하들을 확인하고서 짤막하게 한숨을 내쉬었다.

소윤철이 급한 대로 끌어모아서 이끌고 온 수하는 모두 열 명.

수도 부족했지만 실력도 충분해 보이지 않는다는 사실을 금세 눈치챈 아미성녀는 함께 온 서문유에게로 고개를 돌렸다.

"이야기를 들었으니 상황이 어찌 돌아가는지는 알겠지?"

"그렇습니다."

"만약 황보세가의 인물들이 뇌옥 안에 갇혀 있다면 최대한 빠른 시간 내에 뚫고 지나가는 편이 그들의 안전을 도모하는 최선이다."

"제가 뭘 하면 되겠습니까?"

"짐을 지워주기는 싫다만 상황이 여의치 않구나. 너와 내가 선두에 서서 앞을 뚫도록 하자꾸나."

"짐이라니, 말도 안 되는 말씀입니다. 오히려 제게는 영광입니다."

서문유로서는 아미성녀의 부탁을 거절할 수 없었다.

그런 그의 대답을 듣자마자 아미성녀가 희미한 웃음을 지었다.

"오늘은 상황이 급박하니 감추고 있는 서 푼의 실력까지 모두 꺼내놓거라."

그 말을 남긴 아미성녀가 예고도 없이 신형을 날렸다.

샤사사삭.

허공에 흩어지는 손 그림자.

순식간에 일곱으로 불어난 수영이 황보세가 무인들의 앞으로 다가가고 있었다.

황보세가의 무인들이 헛숨을 들이켜며 검을 휘둘러 그 수영을 쳐내려 했지만 그 수영을 만들어낸 주인은 아미성녀였다.

아미파의 절기라 알려진 금정산수는 아미성녀의 손끝에서 그 위력을 제대로 드러내고 있었다.

검의 궤적을 가볍게 피해낸 수영들이 황보세가의 무인들에게 적중되자 피를 뿜으며 쓰러졌다.

순식간에 다섯의 무인이 쓰러지자 경호성을 터뜨리며 남아 있던 황보세가의 무인들이 달려들었지만 아미성녀가 펼치는 신법은 표홀했다.

쏟아지는 검의 세례를 가볍게 피해내며 움직이던 아미성녀의 손끝에서 두 가닥 무형의 경력이 빠져나갔다.

이지선에 격중당한 황보세가의 무인 둘이 다시 쓰러지는 순간, 아미성녀는 어느새 황보세가의 무인들을 지나쳐 뇌옥의 입구로 다가가 있었다.

'명불허전!'

그 모습을 바라보던 소윤철은 진심으로 감탄했다.

예고도 없이 젊은 청년 하나와 뛰쳐나가기에 무모하다는 생각이 들어 말리려고 했다.

하지만 지금 보여주고 있는 모습은 왜 아미성녀가 현 강호에서도 손꼽히는 고수인지를 피부로 느끼게 해주었다.

그리고 그를 놀라게 한 것은 아미성녀만이 아니었다.

아미성녀와 함께 움직이고 있는 서문유라는 청년의 실력도 평범하지 않았다.

이미 세 명을 쓰러뜨린 것으로 모자라 황보제준과 치열한 공방을 펼치고 있는 서문유의 검은 매서웠다.

황보제준의 직책이 소윤철보다 낮기는 하나, 그는 소윤철과 달리 직계 출신으로 세가의 진신 무공을 익힌 무인.

더구나 그의 재능이 범상치 않아, 향후 황보세가의 이름을 널리 떨칠 무인으로 알려져 있었지만 지금 그는 서문유에게 밀리고 있었다.

제대로 된 공격은커녕 막아내기에도 급급한 모습.

"보고만 있을 셈인가?!"

그들의 활약을 멍하니 바라보고 있던 소윤철은 아미성녀가 소리치는 것을 듣고서야 퍼뜩 정신이 들었다.

지금은 한시를 다투는 급박한 상황.

비록 세가의 인물들과 부딪치는 것이 내키지 않았지만, 넋을 놓고 바라보고 있을 수만은 없었다.

"우리도 움직인다. 손속에 사정을 두지 마라."

입술을 질끈 깨문 소윤철이 허리에 걸린 검을 들고 전장으로 뛰어들었다.

퍼엉.

그리고 자신이 이끌고 온 수하들이 치열하게 싸우기 시작하는 것을 확인한 소윤철은 장력을 날려 뇌옥의 문을 부숴 버린 뒤 달려들어 가는 아미성녀의 뒤를 쫓았다.

습기 때문일까.

뇌옥 안으로 들어서자 지독한 곰팡이 냄새가 코끝을 찔렀다.

코를 움켜쥐고 싶은 것을 참으면서 어두컴컴한 뇌옥 안을 살폈다.

황보세가에서 수십 년을 보냈지만 소윤철로서도 뇌옥 안으로 들어온 것은 처음이었다.

뇌옥 안은 예상보다 훨씬 넓고 어두웠다.

몇 군데 피워놓은 횃불의 불빛에 의지한 채 아미성녀의 뒤를 따라 신형을 날리던 소윤철이 급히 검을 휘둘렀다.

숙. 슈욱.

챙. 채앵.

그가 휘두른 검에 부딪치고 바닥에 떨어진 것은 암기.

처음에는 누군가가 어둠 속에 숨어서 암기를 날린 것이라 생각하고 잔뜩 긴장하고 있던 소윤철의 귓가로 아미성녀의 목소리가 다시 들렸다.

"당황하지 말게. 기관일 뿐이니까."

"아!"

말뜻을 깨닫고 감탄하던 소윤철의 눈에 아미성녀가 가사의 넓은 소매를 펄럭이며 기관에서 쏟아지고 있는 암기들을 쳐내고 있는 것이 들어왔다.

그리고 다시 신형을 날려 아미성녀의 뒤를 따르던 소윤철이 일순 벼락이라도 맞은 것처럼 부르르 떨며 도중에 멈춰 섰다.

쇠로 만든 창살 사이로 보이는 얼굴.

처음에는 잘못 본 것이라 생각했다.

그가 기억하고 있던 얼굴과는 너무 달랐으니까.

"가…주님."

"누…구?"

"접니다. 저 윤철입니다."

"그…래. 자네…로군."

"……."

"자네가… 여기 나타나다니 내가 꿈을… 꾸는 건가 보군."

힘없는 목소리.

하지만 그 목소리를 듣는 순간 소윤철은 자신이 잘못 본 것이 아님을 깨달았다.

챙강.

검을 바닥에 던져 버렸다.

양손으로 굵은 쇠창살을 힘껏 움켜쥔 채 흔들고 있던 소윤철의 두 눈이 피처럼 붉게 충혈되었다.

그리고 어느새 굵은 눈물이 흘러내리기 시작했다.

가주는 변했다.

어느 순간에나 기품과 위엄이 넘치던 가주의 강렬한 눈빛은 사라지고 흐릿하게 변해 있었다.

서릿발 같은 위엄이 깃들어 있던 목소리에는 힘이 실려 있지 않았다.

창백하기 그지없는 얼굴로 힘없이 웃고 있는 가주를 보던 소윤철이 다시 한 번 쇠창살을 힘주어 흔들 때, 아미성녀가 어두운 낯빛으로 다가왔다.

그리고 소윤철의 어깨를 잡아당겨 쇠창살 앞에서 떼어낸 아미성녀가 진기를 잔뜩 끌어올린 양손을 휘둘렀다.

캉. 캉. 캉.

아미성녀가 전력을 다해 휘둘렀음에도 불구하고 굵은 쇠창살은 쉽게 휘어지지 않았다.

연거푸 일곱 번이나 후려치고 나서야 쇠창살이 휘어지며 겨우 성인 어른이 빠져나올 수 있을 정도의 공간이 생겼다.

정신을 차린 소윤철이 서둘러 안으로 들어가 가주를 부축하려 했지만 이번에도 아미성녀가 앞을 막아섰다.

"기다리게."

"……?"

왜 그러느냐는 듯 의문을 표하고 있는 소윤철을 손을 들어 제지시킨 후, 아미성녀는 초췌한 안색으로 반쯤 드러누워 있는 황보진명에게 말했다.

"여전히 꿈이라 생각하는가?"

"누구…요?"

"날 알아보겠는가?"

"모르…겠습니다."

반개한 눈에 힘을 준 채 살피던 황보진명이 힘없이 고개를 흔들었다.

그것을 확인한 아미성녀가 희미하게 고개를 끄덕이며 다시 입을 뗐다.

"시간이 없네. 그러니 하나만 묻겠네."

"……"

"내가 도울 수 있는 것은 한계가 있네. 자네의 역할을 대신하고 있는 가짜 황보세가의 가주 앞에 데려가 대면시켜 주겠네."

담담한 목소리로 꺼내는 아미성녀의 제안을 듣던 황보진명의 눈썹이 꿈틀했다.

"황보세가를 통째로 장악한 그들의 저력이 약하지 않다는 것쯤은 자네도 알 터. 어떤가? 잘못된 것들을 스스로 바로잡을 자신이 있는가?"

아미성녀는 질문에 대한 답이 돌아오기를 기다렸다.

그리고 고뇌에 찬 표정을 짓고 있던 황보진명이 비틀거리면서도 억지로 몸을 일으켰다.

핏기를 찾아볼 수 없을 정도로 창백한 얼굴이었지만, 흐리멍덩하게 변해 있던 황보진명의 눈빛이 다시 빛나기 시작했다.

"부탁… 드립니다."

"가족 같은 세가의 인물들과의 혈전도 불사해야 할 게야."

"환부를 도려내야만 새살이 돋아난다는 이치 정도는 알고 있습니다."

여전히 힘겨워하는 목소리.

"가세!"

그런 그를 바라보던 아미성녀가 고개를 끄덕였다.

그리고 소윤철이 재빨리 황보진명을 부축한 채 아미성녀의 뒤를 따르기 시작했지만, 그들은 뇌옥을 쉽게 벗어나지 못했다.

어느새 다가온 수십 명이 넘는 무인들이 앞을 가로막고 있었다.

"눈이 먼 자들이로군."

무심한 눈빛으로 그들을 바라보던 아미성녀의 목소리에 짙은 살기가 담겼다.

핏기가 사라진 심 노인의 창백한 얼굴.

가늘게 숨을 내쉬기는 했지만 심 노인은 눈을 뜨지 않았다.

그리고 사무진은 그런 심 노인을 다시 등에 둘러업었다.

이대로 깨어날 때까지 기다리고 싶었지만 상황이 여의치 않았다.

황보세가의 가주인 황보진명.

아니, 가짜 황보진명이 모습을 드러냈다.

그런 그는 혼자 모습을 드러낸 것이 아니었다.

수백 명의 황보세가 무인들이 함께 나타나 셋밖에 되지 않는 사무진 일행을 완전히 포위하고 있었다.

그들을 살피던 사무진이 어느새 곁으로 다가온 검마 노인을 향해 힐끗 고개를 돌리며 입을 뗐다.

"엄청 많네요."

"그렇구나."

"첫사랑 한번 만나는 게 이렇게 힘들어서야."

"첫사랑이니까."

"이래서 첫사랑은 이루어지기 힘든 건가 봐요."

수백 명의 무인들로 인해 포위된 상황.

그 상황에 처했음에도 사무진과 검마 노인의 입가에는 희미한 미소가 떠올라 있었다.

그 모습을 확인한 가짜 황보진명의 표정이 일그러졌다.

"마교의 교주가 맞나?"

잔뜩 비틀린 목소리.

하지만 사무진은 흥분하지 않았다.

"내가 유명해지기는 했나 봐요."

"무슨 뜻이냐?"

"칠마존은 알아보지 못해도 난 알아보잖아요."

"그건……."

"질투 나요?"

"……."

"그냥 받아들여요, 이젠 나의 시대라는 걸."

검마 노인을 향해 속삭이던 사무진이 심 노인을 등에 업은 채로 한 걸음 앞으로 나섰다.

"잔뜩 준비를 한 걸 보니 미리 눈치챘던 것 같은데."

"그 정도 눈치도 없지는 않지."

"그런데 왜 이렇게 우르르 몰려나왔어요? 마교가 무섭기는 한가 보죠?"

"흥. 사지에 몰려도 입은 살아 있구나."

가짜 황보진명이 코웃음을 쳤다.

하지만 사무진도 전혀 기죽지 않았다.

"근데 우리가 무슨 잘못을 했다고 기를 쓰고 죽이려는 걸까?"

"그야……."

"우리가 한 일이라고는 그 잘난 황보세가의 가주 얼굴이나 한번 보려고 했던 게 전부인데. 안 그런가?"

"시끄럽다."

"뭔가 찔리는 게 있는가 보지?"

사무진이 신랄하게 쏘아붙이자 가짜 황보진명의 얼굴이 다시 일그러졌다.

그리고 그가 반박했다.

"마교 놈들이 겁도 없이 황보세가 내에 기어들어 온 것만으로도 죽을 이유는 충분하지."

"왠지 억지스러운데……."

"더 길게 말할 것도 없다. 네놈들은 이곳에서 뼈를 묻게 될 것이다."

"과연 그럴까?"

"……."

"수가 많다고 해서 무조건 이기는 것은 아니지."

"상황도 파악하지 못하는 정신 나간 놈이로구나."

"두고 보면 알겠지."

전혀 위축되지 않고 대꾸하는 사무진을 보던 가짜 황보진명이 더 이상 대화는 필요하지 않다는 듯 명령을 내렸다.

"뭣들 하느냐? 당장 이자들을 죽여라!"

그 명령이 떨어지자 황보세가의 무인들이 다가오기 시작했다.

그리고 그것을 확인한 사무진이 자운묵창을 꺼내 들며 자그마한 목소리로 입을 열기 시작했다.

"잠이 와요?"

"……."

"지금 상황이 어떤지 알아요?"

"……."

"마교의 교주와 칠마존 중 일인인 검마 노인이 황보세가 전체를 상대로 한 판 제대로 붙으려고 하는데, 이 좋은 구경거리를 놓칠 거예요?"

"……."

"입이 근질근질하지 않아요?"

마지막 말이 들렸을까.

사무진의 등에 업힌 채 죽은 것처럼 미동도 없던 심 노인이 신형을 꿈틀했다.

그리고는 사무진의 등을 힘껏 움켜쥐었다.

"교주님!"

"안 죽었네요."

"명색이 칠마존 중 일인인 구두쇠 심두홍이 이 정도 부상으로 죽는다는 것이 말이 되겠습니까?"

"그럼요. 그 정도 부상으로 죽는다면 칠마존 중 일인이라 불릴 자격이 없죠."

"물론입니다."

언제 다쳤냐는 듯 심 노인의 목소리에는 힘이 잔뜩 실려 있었다.

하지만 자신을 포위하고 있는 수백 명의 황보세가 무인들을 확인한 뒤에는 슬쩍 목소리를 낮추었다.

"교주님."

"왜요?"

"왜 하필 지금입니까?"

"무서워요?"

"그럴 리가 있습니까? 다만 무섭다기보다는 조금 더 있다가 깨어났어도 상관이 없었을 텐데 하는 생각이 들어서요."

이야기의 내용과 달리 살짝 떨리는 심 노인의 목소리.

그 떨림을 눈치채고 히죽 웃은 사무진이 입을 열었다.

"전에 내가 했던 말, 기억나요?"

"무엇을 말씀하시는 겁니까?"

"내가 심 노인을 좋아하는 이유요."

"그건… 제 충성심 때문이 아닙니까?"

"호시탐탐 교주 자리를 노리면서 충성심은 얼어죽을."

"오해십니다."

쩔끔한 심 노인이 재빨리 대꾸했지만 사무진은 더 이상 심 노인의 야망에 대해서 추궁하지 않았다.

대신 다른 이야기를 꺼냈다.

"어느 누구 앞에서도 굴하지 않고 마교의 기개를 보여주는 모습이 좋다고 그랬어요."

"그야… 당연한 것 아닙니까?"

"아니요. 절대 아무나 그렇게 할 수 있는 건 아니죠."

"……."

"그리고 내가 했던 약속, 기억해요?"

"무엇을 말씀하시는지……."

심 노인은 이번에도 기억해 내지 못했다.

"강호의 어느 누구 앞에서도 심 노인이 마음껏 큰소리칠 수 있을 정도로 강한 마교를 만들겠다고 약속했었어요."

"교…주님."

"보여주세요, 마교의 기개를."

심 노인이 신형을 부르르 떨었다.

혹시 너무 감동한 나머지 등에 업힌 채 소변이라도 본 것이 아닐까 했던 걱정은 기우에 불과했다.

사무진의 등에 업힌 채 고개를 삐죽 내민 심 노인이 가짜 황보진명을 노려보며 소리를 질렀다.

"내가 누군 줄 아느냐? 바로 마교의 육마존… 아니지. 칠마존 중 일인인 구두쇠 심두홍이다!"

구두쇠라는 별호 같지도 않은 별호.

기가 막혀서일까.

아무런 대꾸도 없이 멍하니 바라보고 있는 가짜 황보진명이 겁을 집어먹은 것이라 생각한 심 노인이 악을 쓰며 소리쳤다.

"눈이 있어도 볼 줄 모르는 네놈들에게 칠마존의 무서움을 보여주겠다. 다 죽었다고 복창해라!"

『공동전인』 7권에 계속…

少林棍王
소림
곤왕

한성수 新무협 판타지 소설

감동의 행진을 멈추지 않는 작가 한성수!

구대문파 시리즈의 두 번째 이야기 『소림곤왕』!!
그 화려한 무림행이 펼쳐진다

"너는 지금부터 날 사부님이라 불러야만 하느니라.
소림사의 파문제자인 나, 보종의 제자가 되어서 앞으로 군소리없이 수발을 들고 모진
고통을 이겨내며 무공 수련을 해야만 한다."

잡극계의 천금공자 엽자건!
소림의 파문제자 보종의 제자가 되다!!

역사와 가상.
실존의 천하제일인과 가상의 천하제일인에 도전하는 주인공!
이제부터 들어갑니다. 부디 마음껏 즐겨주기 바랍니다.
– 작가 서문 中에서.

유행이 아닌 자유추구 -
WWW.chungeoram.com
Book Publishing CHUNGEORAM

覇君

패군

설봉 新무협 판타지 소설

무협계를 경동시킨 작가, 설봉!
그가 다시금 전설을 만들어간다!!

수명판(受命板)에 놓고 간 목숨을 거둔 기록 이백사십칠 회!
생사를 넘나드는 전장에서 매번 살아 돌아오는 자, 계야부.
무총(武總)과 안선(眼線)의 세력 싸움에 끼어들다!

"죽일 생각이었으면 벌써 죽였다. 얌전히 가자."
"얌전히. 그 말…… 나를 아는 놈들은 그런 말 안 써."
무총은 그를 공격하지 않는다. 공격할 이유가 없다.
다른 사람들은 그의 존재조차도 알지 못한다.
오직 한 군데, 안선만이 그를 안다.
필요하면 부르고, 필요치 않으면 버리는
철면피 집단이 다시 자신을 찾아왔다.

나, 계야부! 이제 어느 누구에게도 휘둘리지 않겠다!!

天劍無缺

천검무결

매은 新무협 판타지 소설

그리고, 전설은 신화가 되어······

한 시대에 한 사람.
언제나 최강자에게로 수렴하던 역사의 흐름이 끊겨 버린 땅.
그 고고한 물길을 자신에게로 돌리려는 욕망의 틈바구니에서
전설은 태어난다.
교차하는 검기, 어지러운 혈향을 뚫고 하늘에 닿아라!

유행이 아닌 자유추구 -
WWW.chungeoram.com
Book Publishing CHUNGEORAM

야차(夜叉) 新무협 판타지 소설

鬼刀風雲
귀도풍운

원수를 가르치고 원수에게 배워…
서로의 심장에 칼을 겨누는 것이
숙명인 저주받은 도법,

수라도(修羅刀).

그 기원을 알 수조차 없을 만큼 수많은 세월을 이어져 내려온 이 도법은
새로운 피의 숙명을 잉태하였다.

저주받은 피의 고리를 끊어버릴 것인가,
체념한 채로 운명에 순응할 것인가.

유행이 아닌 자유추구 -
WWW.chungeoram.com
Book Publishing CHUNGEORAM